聽說，聽誰說？

我說你聽——著

目次

第一章　楔子

手機螢幕微弱的白光，是一處暗室裡，千百雙窺伺的眼睛。他們無孔不入，鬼魅般存在在每一處縫隙，儘管關緊了門窗、熄滅了最後一點星火，他們總能乘著風而來，將血肉一點不剩地啃食乾淨。

這道理，麗雅早應該知道。

還記得小時候，她很怕黑。應該說，沒有一個孩子對於黑暗不恐懼，這種恐懼，興許源自於人類對於未知事物激發的求生本能，是亙古以來，順著時光脈絡，流傳在血液的每一處細胞裡。

為此，她總喜歡開著燈睡覺，好像開著燈，一切潛藏在黑暗裡悄無聲息的東西，就會無所遁形。麗雅的個性從小就倔，總是在挨了母親板子之後，趁著母親下樓，又偷偷爬起來點了燈，好像這樣，就是一種精神的勝利。到後來，她其實也不知道自己是為了和母親作對，還是真的害怕黑暗，久而久之，日子也就這麼活了過來。

她想起了冠軍，冠軍和她小時候一樣怕黑，一怕黑，就要黏著麗雅，嚷著要她陪他睡覺，這個時候李文昭總會板起臉，對著冠軍說：「你可是男孩子！」，李文昭就是這麼個被傳統價值觀深深洗禮的男人，他的表情不多，在記憶裡，他和她早亡的父親一樣，總是板著一張臉，但他還不至於像她父親那樣說一是一，而她也不至於像母親那樣卑微，至少李文昭還把冠軍養在她身邊。

可這一次，她卻又不得不失去冠軍。

啊！不該想冠軍的，在情緒還沒潰堤以前，她堵住了眼角的淚珠。

「妳……哭了嗎？」男孩問。

她辯了一聲沒有，如果不是他突然說話，她幾乎忘了角落裡有這麼一個人。

「我什麼時候可以出去？」他問。

「來份鮪魚三明治好嗎？」麗雅苦笑，沒有正面回答他的問題，就像她從來不敢正面面對這個問題一樣，沒有人關著他們，但整個世界，就像是一座牢籠，他們像是在透明水族箱裡的寄居蟹，以為從房子裡窺伺著世界，卻不知道是被世界監視得鉅細靡遺。

這裡是麗雅的早餐店，她是黃麗雅，而外面撞擊著鐵門的，是《自由民報》的記者，當然，不可能單單只有《自由民報》，可能還有《壹週報》、《火線緝查報》等等的傢伙們，他們像土狼或者禿鷹，不管藏到天涯海角，總能嗅到氣味；麗雅有時候不禁想著，到底是因為他們嗅到了悲劇，還是他們的追趕釀成了悲劇，反正，這和雞生蛋蛋生雞一樣，一輩子得不到答案。

她還記得《商業周刊》曾訪問過《自由民報》的創辦人，創辦人葉永清曾說過：

「不是自由人，不看自由報」，但麗雅總覺得，現在的台灣，是不是自由的太過分了？

她摸著黑，逕自從冰箱撈出了吐司解凍，然後撬開了鮪魚罐頭。她還在想自由的問題，她沒念過太多書，也沒有太多時間去釐清自由的核心價值，還有自由這兩個字，流過了多少的歷史血淚，麗雅只是一個平凡的早餐店老闆，還有一個念小學三年級的兒子，但現在，因為媒體採訪的自由，讓她失去了一切自由。

第二章　說故事

故事，要從兩個禮拜前說起。

露氣從半揭的鐵捲門下溜了進來，麗雅打了個哆嗦，猛搓著皺巴巴的薄外套，又是一個平凡的早晨。

睡不著的老人們繞著儒善小學甩著手，便利超商大夜班的工讀生剛點完了貨，蹲在門口抽了兩支菸，和麗雅道了聲早，揉了揉黑眼圈，將半截沒抽完的七星扔進了水溝裡。怕曬太陽的女孩今天還是把全身包得嚴嚴實實的，一點陽光都透不進肌膚，一圈又一圈等速地繞著校園轉，機械式地日復一日，好像生活就該是這般一成不變。

麗雅從圍裙裡摸出了鯊魚夾，將頭髮盤了上去，但總有撮不聽話的髮絲撓著她的脖子，她習以為常，反正，她不再是少女，她已經有了冠軍。是不是女人有了孩子之後，對於自己的外在，就鮮少有時間關心了呢？她早已記不得上一次買新衣服是什麼時候了。

是李文昭載她去看二輪電影的時候嗎？還是她大哥結婚的時候呢？雖然這些問題在她的記憶裡，都已經是不可考，但她永遠記得第一次買了第一件長洋裝的喜悅，那時候的自己是那麼的青春，為了一個男孩，可以穿著不合時宜的圓點洋裝和男孩逛那條沒有盡頭的夜市，在月色朦朧下，乘著男孩的腳踏車穿過金色的水稻田，夏天黏膩的空氣讓汗水乾了又濕，濕了又乾；白底的長洋裝爬滿了汗漬和油污，裙擺沾染了塵土和泥沙，但那就是戀愛的氣味，嚴格來說，是十六歲少女單戀的氣味。

不過麗雅沒有時間思考種傷春悲秋的問題，她急忙忙地從冰箱翻出了備料，將蛋餅、薯餅拿出來退了冰，把奶茶、紅茶、豆漿一桶一桶搬了出來，舀進了紙杯裡，封上膜，送進冰箱列隊站好。

去邊的吐司一層火腿、一層蛋、一層沾了美乃滋的小黃瓜絲，壓緊後對半切，小心翼翼地裝進了三角塑膠袋中，黏上膠帶，就完成了一個。穿著反光背心的導護媽媽已經就位，今天是脾氣最火急火燎的張太太，她猛瞪著小金框手錶，好像每瞪一次，就會少個三十秒一樣，但她的到來也提醒了麗雅，麗雅必須加緊腳步，再過十分鐘，她就要上樓趕冠軍起床，然後把鐵捲門拉開、做生意。冠軍這個孩子最近是越來越貪睡，不知道是不是正在長大，想起去年的衣服已經像是縮水一樣，整整小了一號！學校的制服是不是要該趁著這次去繡學號，也順便改一改尺寸呢？畢竟冠軍都已經升上三年級了，這樣想來，自己的早餐店也已經兩年多有了吧？這麼算來，和李文昭……，不對，不該在這個時候想他的，更何況，她很滿意現在的生活，不是嗎？

她急匆匆地奔上了二樓，掀開了棉被，冠軍睡眼惺忪地被提了下來，然後套上了還沒來得及改學級的制服，半推半送地交給了張太太，麗雅在馬路的對面看著冠軍走進了校門口，直到進了玄關，化成了一粒黑點，這才回來將鐵捲門全拉了開。而這個時候許太太才穿了反光背心，踱了過來，又挨了張太太一陣碎念，但其實站導護的時間才正要開始，那兩人又家常了幾句之後，這才上了工。

上課的鐘聲響起，零零星星遲到的孩子加快了腳步衝進校門，挨了訓導主任一陣訓斥後，被趕回了班上。這個時候，大家才得以喘了一口氣。

按照老規矩，星期三，麗雅把一張摺疊桌拉了出來，擺在了店門口，張太太和許太太都已經入了座，許太太挪了挪她豐滿的屁股，喬了老半天，好像總找不到一個舒適的位子。

「……前幾天我在路上遇到了梁太太，我差點沒認出她來，整個臉緊實了，山根也都快衝到髮際線了！」許太太一面說得生龍活虎，一面又不忘記讓麗雅給她多加兩份蘿蔔糕。

「該不是去打什麼玻尿酸了吧？」張太太說。

許太太揮了揮手，一臉驚恐的表情繼續說：「在臉上動刀動針的，要是出了什麼問題，嘖嘖嘖！想想就覺得可怕呢！」

麗雅將早點端了出來，順便也拉了一張椅子，許太太話匣子沒斷過，奶茶沒三兩下就快要見底，正在她講到興頭上的時候，梁太太踩著高跟鞋，頂著一臉大濃妝走了過來。

「聊什麼呢？這麼開心。」說著她拿了紙巾，擦了擦小凳子，直到擦了兩次，連著凳子邊緣也刮了個乾淨，這才安安心心地坐了下來。

許太太見著她，一膀子就勾了上去，一個勁地稱讚梁太太過了一個暑假，像是年輕了幾十歲，嚷著好像每一次見著她，她就越活越年輕一樣，梁太太笑得風光得意，開始聊起了女人保養的訣竅，說著要幾點前入睡，幾點到幾點氣血在走肝經，要喝哪一牌的補品和哪一牌的藥錠，就是絕口不提她進廠維修的事情。

張太太沒搭話，就是一個勁的猛朝著她臉上瞧，一不留神和麗雅對上了視線，不約而同噗哧一笑；張太太才發現兩人都沒心思在搭理她的保養聖經，都在仔仔細細地檢視她臉上的破綻。

聊得正熱鬧得時候，溫太太和她的花折傘出現了。

「唷唷唷！看看誰來了！這不是家長會長嗎？」許太太扯開了嗓子，像是怕沒人知道她的頭銜一樣，反倒叫溫太太不好意思了起來。

「什麼家長會長，不過都是替這些小鬼頭把屎把尿的老媽子嘛！」溫太太謙和地說。

「不不不！我們家的小鬼頭和你的小公子可差遠了！」張太太搖了搖手說道。

「可不是？浩岷都要代表儒善國小，參加全縣的書法比賽……」梁太太話還沒講完，許太太又補了一句：「還有繪畫跟英文朗讀比賽呢！」

溫太太笑著說道：「他呀！就是從小培養了一些興趣，起步比別人早一些而已，資質平平，要不了多久，可就被你們家的孩子都趕了過去呢！」

溫太太還是一如既往地謙和有禮，她就像是花心一樣，所有的花瓣都繞著她轉，麗雅其實也知道，所謂儒善國小「家長會長」這四個字，聽來簡單，其實可是鑲金的！所謂家長會長，必須張羅學校迎賓茶會、租借運動會場地、大型慶典禮堂、營養午餐膳食菜單規劃、畢業校友家長慈善募款等等。說白一點，沒有錢和人脈，什麼屁也辦不成。

但溫太太可不一樣，她的丈夫是留美碩士，聽說家裡還是日本知名保養品品牌亞洲區代理商，這些對溫太太而言，不過是一伸手、一張口地稀鬆平常。但難能可貴的，她卻也沒給麗雅她們擺過什麼架子，總是溫溫和和的。麗雅在家長會的時候，也見過溫太太家的浩岷，浩岷是一個有禮貌的好孩子，他和冠軍常玩在一塊兒，這讓麗雅非常安心。

幾個女人聚在餐桌上，早午餐的時間飛快，對於麗雅而言，這種聚會就像是學生經過了一個暑假，為了熟絡因為過了一個暑假，差點忘了對方姓名的虧欠，將暑假的豐功偉績，鉅細靡遺的流水帳，全全報告了一遍。她只是靜靜地聽著，一面幫因為怕妝被太陽融化了的梁太太，去廚房裡搬了那隻蒙了灰塵的電扇。又一面幫口沫橫飛的許太太煎了一盤熱狗，倒了一杯鮮奶茶。

雖然她知道，梁太太或許會嫌她的電風扇的扇葉該清洗了，許太太等等離開前一定不會付那盤熱狗的錢，興許還會嘮叨麗雅背面應該再煎得焦脆一點，張太太總會在小朋友放學前，急匆匆地想幫她收好桌椅，然後再去校門口接她們家的智凱，但最後總會在溫太太的一個歉然的微笑，上了司機的車之後，結束了這個迷你的家長會。

「你們聽說了嗎？」許太太神情突然鬼鬼祟祟，左顧右盼之後，把大夥兒和麗雅從神遊中拉了回來，這詭譎的氛圍讓張太太搓了搓肩膀，碎念了她一句：「搞什麼，大白天的，神神秘秘怪可怕的。」

許太太將肥胖的食指壓在嘴唇上，又環顧了四周一圈後，才壓低聲量說道：「聽說前陣子那個的網紅命案了沒有？」

「是姓楊的那個？」梁太太答腔問道。

「是那個……那個……楊思……對！對！楊思敏！楊思敏！」張太太一時間太過高興，拍手大聲說道。

許太太趕緊地要她壓低聲量，大夥兒都還不明白，許太太這是在害怕什麼？就是張太太現在拿著社區大聲公在廣播，或是雇用選舉宣傳車強力放送，這個消息早在前幾個禮拜，就已經鬧得人盡皆知，原因無他，因為這個案子太過駭人。

楊思敏與李心惠是現在年輕一代，無人不知的新生代直播網紅，兩人都有一雙水汪汪的大眼還有傲人的身材，憑藉著自身條件，再加上網路發達的世代，只要肩帶拉得低一點，點閱數可就不只上升一點！再加上兩人在直播平台出道以前，本來在學校就是好閨密，因此兩人常常上對方的直播節目互相幫襯、吸粉。也因為這樣，兩人的業配、代言更是接到手軟。

很快的，尋歡直播平台高層似乎相中兩人的高人氣，將一些新人硬是送上了兩人的直播節目，久而久之，也就組成了一個姊妹幫，而楊思敏更因為常常提攜公司新人，深耕自己的社群媒體，臉書有高達三十七萬的粉絲！加之她常親自回覆每一則網民留言，因此，獲得了「國民閨密」的美稱。

但多少人稱讚，就注定背負多少厭惡，不知道何時從臉書竄起一個粉絲團體，叫做「楊思敏滾出直播圈」，裡面記載著上百條關於楊思敏的負面消息，有說她與李心惠過從甚密，懷疑性向不單純；有說楊思敏私下生活糜爛，曾在東區夜店廁所外見過她和男人苟且，為提升可信度，還強調楊思敏左乳頭有一顆黑痣；也有說國小同學向版主爆料，她的國小同學長期遭受楊思敏霸凌，因此長期需要服用抗憂鬱藥物，現今屢屢在直播平台上看到楊思敏，都會需要注射鎮定劑穩定情緒等等消息。

許多熱心的網友，都曾將這些言論貼到楊思敏的粉絲專頁，替楊思敏抱不平。本來經紀公司為維護楊思敏聲譽，大動作準備提告。而楊思敏也曾為這件事情開過一次直播，還一件一件拿來調侃自己，當成玩笑娛樂大家。經紀公司看她處理得當，又加上她多次和經紀公司協商，最後經紀公司便也作罷。

誰知道某一天頭版卻赫然驚現，〈楊思敏護短殺友，假面閨密藏屍毀跡〉。

第三章　誰是楊思敏？

〈楊思敏護短殺友，假面閨密藏屍毀跡〉

各大媒體不斷報導這駭人聽聞的消息，任誰也沒有想到，這麼一個漂漂亮亮的女孩，竟然串通男友，將多年好友李心惠騙至租屋處，任男友先姦後殺，最後竟然還包庇男友，夥同男友將李心惠肢解棄屍，委實令人髮指。

這駭人的新聞席捲各大媒體版面，原本默默無聞，甚至被檢舉多次至關版的「楊思敏滾出直播圈」粉絲專頁，一夜之間，竟然湧入三萬粉絲。起先楊思敏的粉絲還跳出來護航，但隨著新聞強力放送，各種不利於楊思敏的證物不斷浮上檯面，尋歡經紀公司更是壯士斷腕，消息出來不過兩天，就立刻大動作發表聲明，和楊思敏解除經紀合約，並表示不排除因楊思敏個人行為損害公司形象，而採取法律途徑。

儘管如此，楊思敏，仍舊避不露面。

梁太太見麗雅一臉疑惑，急忙地解釋道：「就是那個長得漂漂亮亮的網美啊！眼睛大大的那個有沒有？她打電話幫男朋友騙李心惠到租屋處，然後先姦後殺。」

「她為什麼這麼做？」溫太太滿臉同情地問。

「能為什麼？還不是因為李心惠擋了她的財路。」許太太說。

「她們不是從大學就認識了嗎？」

「管她什麼時候認識，這些什麼網紅啦、優兔伯啦，沒有一個是好東西。」張太太憤憤地說。

「可不是？要不然她們經紀公司怎麼會第一個跳出來澄清？她是尋歡直播的金雞母欸！什麼廣告啦、業配啦都馬看得到，你看、你看，之前那幾台市區公車車身都是她和李心惠，還有那個什麼什麼姊妹幫的。」許太太說。

張太太的情緒愈發激昂，怒氣沖沖地說：「而且她們姊妹幫竟然一個都沒有跳出來幫她澄清！之前一個一個到哪裡都到處什麼標記啦、打卡啦！恨不得每張版面都和楊思敏黏在一起，現在倒好，一個一個都裝作和她不認識。」

許太太嘖了兩聲，一臉像是法官斷案的口氣說：「這要不是楊思敏平常做人失敗，那就是她這次真的錯得太離譜，連平常的好姊妹都看不下去吧？要我說，這次案件都已經罪證確鑿，什麼通聯記錄啦、指紋啦一個都不少，像這種人，就該趕快判她死刑，還列什麼案件嫌疑人？我們台灣就是太民主，才會讓這些人到處逍遙法外。」

溫太太嘆了一口氣，幽幽地說：「世道真的變了，真的太可怕了！我們家浩岷前陣子才和我嚷著說要和同學拍什麼抖音，要我和他爸爸幫他買新的手機，本來我是不反對的，但現在想起來，可得再好好考慮了。」

梁太太趕緊補上了一句：「別了吧！這些網紅啦、網美啦私下風評都差得很，你們沒有看網路上都說，那個什麼天才人氣美少女，露瑤，一個十七歲的小妹妹，當初媒體塑造什麼資優生啦！品學兼優啦！拿多少獎杯、獎狀，結果才不到兩年，被同校同學爆出來，說什麼一學期看不到她來學校三天！三天！」

梁太太提高了語調，一臉不可置信的樣子。

趁著大夥兒還在消化訊息的時候，許太太又插嘴道：「還不只這樣呢！我還聽說她上學不好好上學，還接什麼外拍啦！業配啦！還有同系學長的女朋友出來爆料，說露瑤的報告都是自己的男朋友做的，甚至還傳出助教常常私下幫她單獨授課呢！」

「這些個年輕人，念書不好好念書，就知道搞這些有的沒有的。」張太太說。

溫太太聽完也是直搖頭說：「現在社會真是太亂，要是我們這些母親沒有好好替孩子們把關，這都要鬧出些什麼事啊！」

梁太太一面補了補粉，一面對著鏡子左擺右擺了一會，才滿意地收起了化妝鏡說：「可不是，男人們都只知道賺錢，還是我們這些女人，才懂懷胎十個月的辛苦呢！」

麗雅見話題越跑越遠，她是個死腦筋，她還是想不透，楊思敏和許太太方才鬼鬼祟祟地表情，到底有什麼關係？想來想去，還是打了個岔問了句：「這和楊思敏有什麼關係呢？」

大夥兒先是一怔，麗雅見空氣凝結了一會兒，還以為自己講錯了什麼，大夥兒才大笑了起來，許太太才趕緊神神秘秘地補述道：「說到這個楊思敏，新聞媒體不都爆她回雲林老家避風頭了嗎？」

眾人屏住了呼吸，聚精匯神地等著許太太接下來要迸出的每一個字，這下許太太反而一臉神色自若，然後拿起桌上的奶茶大大地吸了一口，裝模作樣地抓起紙巾，又挪了挪她的大屁股。這下每個人的心都被懸在了半空中，連麗雅這個不好八卦的人，都被她吊足了胃口，好像女人天生就是依附著八卦存在的。

別說女人，難道男人就不愛聽嗎？

張太太是個火爆脾性，一把抽走了許太太正要接著喝的吸管，許太太才在大家的簇擁下，心滿意足地開口說道：「聽我那個在報社工作的表哥說，楊思敏根本就沒有搬離開台北。」

「那怎麼可能！」梁太太驚呼了一聲。

許太太似乎掌握了八卦的精隨，在眾人還沒平復之前，又抖出了一個更讓人震撼的消息，那就是楊思敏現在，就和他們住在同一個社區裡。

「那怎麼可以？這個社區還怎麼住人哪！」梁太太說。

「可不是！這證物一個個都鐵證如山！警方和法官都是幹什麼吃的？」張太太說。

溫太太蹙了眉頭，思索了一會兒才開口道：「可警方畢竟也還沒有逮捕她，她也還沒被判刑，估計案件還有什麼地方還尚未釐清，這樣就給人家定罪，總不太好吧？」

麗雅點了點頭，她就是嘴笨，不如溫太太讀得書多，但她也是覺得哪裡不大對勁，就是沒有辦法一瞬間把這些思路，弄得清清楚楚。張太太聽到這可不樂意了！她張太太可是路見不平，劈哩啪啦就說：「妳和溫太太就是太善良了！台灣就是因為太過自由民主，都已經板上釘釘的事情了，還要搞什麼程序、弄什麼偵查，妳看看人家西方國家，早就一顆子彈、一把槍了事了！」

梁太太聽得點頭如搗蒜，許太太在一旁也是拍手附和，張太太那是越講越起勁，接著就說：「好的不學，只學了人家什麼廢死不廢死，最後犯人在監獄裡住得舒舒服服，吃我們老實百姓的血和肉，然後關個幾年，還可以素行良好，弄了個假釋？出來看了誰不順眼，又一刀下去，大不了就回去蹲個幾年，然後再來個幡然悔悟，新聞還可以搞個標題『浪子回頭！』，把那些受害者家屬到底都當成了什麼這是！」

溫太太見她告了個段落，才笑著開口說：「可這不也是有抓錯人的時候嗎？警方辦案，也難保十全十美的。」

許太太趕忙搖了搖手說：「還是溫太太心大，但這要是隔壁住個楊思敏，我全家還不貸款移民？」

梁太太咯咯地笑，但笑完了又一臉嚴肅說：「玩笑話歸玩笑話，但光是她現在住在我們小區，我就渾身不舒服，何況孩子還小，要是有個什麼萬一，我可真的不要活了！」

溫太太說：「這麼敏感的時間點，想來她也不至於做什麼吧？如果她真住在我們社區，那些記者早就撲了上去，就是沒有記者，她現在被列為嫌疑人，警察還不二十四小時盯著她？」

麗雅點了點頭說：「溫太太說得有道理，但如果可以，還是希望學校老師能更注意小朋友上下課的安全，畢竟現在這個社會太亂了。」

溫太太打了個包票，說會在家長會上特別提出，然後接了通電話，聽說是要和新的日本公司談合作代理，只得和大家道了聲歉，她的保鑣從馬路對街過來，替她打了花折傘遮太陽，司機開著進口轎車也到了，一切電光石火。

梁太太和許太太投以豔羨的眼光，大夥兒又隨便聊了幾句，梁太太也要去做她的水晶指甲了，許太太則要去領她的電視購物，只剩下張太太陪她收拾桌椅，這倒讓麗雅有些不好意思。

「唉，還是有錢人命好！」張太太一面收，一面拋出這句話。

麗雅聳了聳肩笑說：「張太太妳命也夠好了！」說著她努了努嘴，遠遠地，她就看見張太太老公還特別拎了一袋御荷園的煎餃，那家的麵點生意特別好！皮薄餡多，老師傅手藝又巧，沒有排個一、兩小時可吃不到呢！

「又買煎餃？」張太太一手接了過來，但嘴上還是抱怨兩句。

張先生無奈地笑了，然後和麗雅打了聲招呼，他的襯衫還沒來得及換，胸口還掛著誠悅保全四個大字，一臉的疲倦，看來才剛結束工作。

張太太走了兩步，還是憋不住話，又折回來和麗雅說，雖然她覺得溫太太說得不無道理，但她家畢竟又是保鑣、又是司機的，如果那個人犯真住在他們小區，他們大夥兒還是要多留意留意才好；說完她才心滿意足的離開，她就是這樣一個直腸子的人。

日子，本該就這麼平平順順地過下去；如果，兩天後的下午，那個不速之客，沒有來訪。

第四章　故事主角

「日前本刊接受民眾爆料，一名家長投訴女兒因遲交營養午餐費，進而遭學校老師不當調侃，記者現在所在位置正是儒善國小，我們來聽聽民眾怎麼說……」正當姚文玲新聞播報到一半的時候，門口的老警衛走了過來，揮了揮手，示意要他們不要再拍了。

可姚文玲不愧是資深記者，一把將《國興報》的麥克風遞了過去，緊接問對方怎麼稱呼，一台大大的攝影機就架在老警衛面前，她見老警衛一面閃躲鏡頭，連忙又追了上去說：「伯伯、伯伯，你在這邊做多久了？對於儒善國小發生的事件有什麼看法？」

老警衛被弄得渾身不自在，對這些突如其來的舉動有些驚嚇、又有些不滿，便不耐煩地說了兩句：「能有什麼看法？有什麼好拍的，就叫你們不要拍了！」

姚文玲還是把麥克風湊了上去說：「伯伯，那蔡宜柔，蔡老師你認不認識？她平常做人怎麼樣？」

他氣得關起了警衛室，隔著小窗說道：「平常也就是客客氣氣的，也是一個好老師，你們新聞不要亂寫。」

姚文玲見他不願意多談，只好死守校門口，但教師們似乎已經為此開過了緊急會議，怎麼訪都三緘其口，蔡老師也為此留職停薪，姚文玲只好把焦點轉往學生和家長身上。

她藏起了記者證，將針孔攝像頭藏在手提包裡，就像一隻伏在角落的蛇一般，靜待獵物的經過。而就是這麼巧，挑上了正要接冠軍回家的黃麗雅。

可那個時候，梁太太明明也在場。

「妹妹，請問是媽媽託妳來接弟弟妹妹回家的嗎？」姚文玲對著梁太太說。

梁太太是個三十多歲的女人，她的朋友都誇她，素顏看起來只有十八歲。是不是事實不重要，重要的是，天底下沒有一個女人，不喜歡聽別人說好聽話。

「我……我嗎？」梁太太在收下這句話前，還是遲疑了一會。

姚文玲見獵物上了鉤，堆出了一臉誠懇地點了點頭，她是個資深記者，多少人情世故少看過？

「沒有啦！我都三十多歲了，我是來接我女兒下課的！」梁太太搖了搖手，左手遮著臉，春風得意全寫在臉上。

「怎麼可能！妳是騙我的吧！」

「是真的！我女兒和她兒子都念國小三年級了！」說著她一把勾起了麗雅，麗雅尷尬地點了點頭，梁太太也膽子大了些，問了一句：「妳呢？小朋友念幾年幾班？哪個老師教的呢？」

姚文玲立刻打蛇隨棍上地說：「我是來替我外甥看一下學區，我外甥最近在學校常常惹事情，我姊姊是一個頭兩個大。剛好儒善國小離他們家不遠，我也就順道過來看看。」

「那妳真是問對人了！儒善國小是全縣校區評等最棒的小學了！要不是因為小孩的教育不能等，想讓小朋友贏在起跑點上，我也不會買在這一區。」

姚文玲見話題被帶得遠了，又趕緊說：「我外甥念小學四年級，四年級的老師你們熟不熟？」

「四年級……」梁太太思索了一會兒，麗雅正要推說不大熟識，梁太太卻突然靈光一閃，拉著麗雅說道：「那個每天早餐會來去妳店裡吃的那個蔡老師，可不就是四年級的嗎？」

姚文玲說了一句：「是蔡宜柔老師嗎？」

梁太太的對才說了一半，又在記憶中搜索了一遍，她想，那個在每天早上點蘿蔔糕煎蛋的，捲捲長髮，戴著粗框黑眼鏡的，長相平庸平庸的，不正是四年級的蔡老師嗎？但此刻她卻撇見麗雅的神情十分古怪，好像不太想談論這個問題，這個時候她的腦袋才接起了線路，那個儒善國小霸凌的新聞，不就是蔡老師惹出來的嗎？

在姚文玲的苦苦哀求下，梁太太這樣古道熱腸的人，還是答允讓麗雅領著姚文玲去她的早餐店慢慢了解，自己則因為和美容院預約做臉，不得已先行離開。麗雅其實也掙扎了許久，可她接到冠軍的時候，姚文玲一個勁的誇冠軍聰明又可愛，喜歡小孩的人，總不會是壞人，是吧？

他們過馬路的時候，黃麗雅這麼想著。

其實還有另外一個原因，那就是冠軍再更小一點的時候，其實也不是這麼好帶，他上幼稚園的時候，也曾被老師懷疑過有自閉症的傾向，坦白說，正因為他不是一個好帶的孩子，麗雅很能體會帶小孩的辛苦。

比起把焦點放在蔡老師身上，更多的，她分享了自己帶小孩的經過，對於這次事件的全貌，她並不是很清楚，她只說蔡老師在她的認知裡是一個好老師，她不知道霸凌的事件是怎麼發生的，但她認為很多的霸凌案件，其實是家長忽略了關心和雙向的溝通，可她萬萬沒有想到，這樣的一番言論，會在日後引起軒然大波。

隔天，新聞聳動地標題寫著：「早餐店老闆娘聲援蔡老師，學生家長成遭霸凌主因」。

早餐店的鐵捲門才揭了一半，一顆一顆的人頭連同相機、攝影機全湧了進來，麗雅是一個沒見過什麼大場面的女人，一隻又一隻的麥克風湊了過來，有幾次還撞到了她的門牙，她完全不知道發生了什麼，也不知道他們為何而來，她只好躲到二樓，把房門鎖起來。

冠軍被門外的喧鬧和撞門的聲響吵醒，麗雅拉起了二樓的窗簾，顫抖地抓起了窗邊的電話，撥通了警察局。她緊緊地抱住了冠軍，她知道她在發抖，但就是再害怕，她也必須保護冠軍，因為，她是一個母親。直到警車鳴笛的聲音響起，麗雅才偷偷地揭開窗簾一角，窺伺著早餐店樓下。

喧鬧聲漸漸連同人潮散去，早餐店恢復了以往的寧靜，但不消幾分鐘，敲門的聲音又響起，每一下，都敲得她膽戰心驚。又過了幾分鐘之後，麗雅聽門外說自己是警察，她才緩緩地轉動門把，露出一隻眼睛，在確認沒有其他人後，才把門給打開。

「我是第二分局的警察，是你們報的警嗎？」

麗雅點了點頭，做了簡單的紀錄，老警察的臉色沒有過多的表情，就像是例行公事一樣。麗雅還想多說點什麼的時候，老警察將他的紀錄本收了起來，然後說：「做事之前先想想後果，我們平常也是很忙的。」

麗雅一頭霧水地目送走了警察，她趕緊把鐵捲門先拉了下來，像是想到了什麼一樣，摸了摸圍裙的口袋，撈出了已經沒電的手機。她趕緊充好電，手機彈出了上百通的未接來電和簡訊。她還沒弄清楚情況的時候，冠軍已經打開了電視，她看見自己出現在電視屏幕上，就是在離現在十五步路的早餐店門口前面，不過就是在昨天，不到十二個小時以前。

她的頭髮很亂，連個基本的底妝都沒有打，更不要說要挑一件合適的衣裳，但那些全都不重要，她沒有心情去搭理這些，在她以往的人生裡未曾有過，在未來興許也不需要有，她就像那些一般的民眾，對於一條社會上新頒布的政策或者法案，說一些虛無縹緲的評論，以及不知道看不看得到那天早晨陽光的未來，發表兩句不具建設性的論點。差別只是，姚文玲將這段兩小時的對話，剪輯成了二十秒。

她不認識屏幕裡的那個人，她突然覺得自己從未有這樣的陌生，她看見姚文玲問她：「你對於校園霸凌事件是怎麼樣的看法？」，她看見自己張口回答：「我相信，沒有一個老師，會刻意帶頭霸凌自己的學生，除非學生也有做點什麼吧？」

她手裡的遙控器「框」的一聲從手中掉落，那個女人，就像那些飽讀詩書的教育評論家一樣，對於別人的不幸，談笑風生地發表著自己的高見，她怎麼可以？

冠軍拾起地上的遙控器，塞回了她的手裡，她沒有空搭理冠軍，她正在極力思索她為什麼會說出這樣一段檢討受害者的言論，當她靈光乍現的那一刻，她頓時覺得五雷轟頂，因為那段對話，說的並不是儒善國小的事件，而是麗雅自己小學的經歷。

第五章　渴望被愛的女人（上）

男孩接過麗雅手中的三明治，說了句謝謝。

小男孩是三天前溜進來的，那個時候他正在廚房裡翻箱倒櫃，麗雅正從堆疊的早餐桌下，搗著腫脹的腦袋爬了起來，正巧撞倒一旁的酒瓶和安眠藥罐。

他發出了驚呼，一隻手緊緊地握住美工刀，麗雅只在手機的微光中瞟了他一眼，他的手在發抖，比起傷人，他更有可能不小心傷害了自己。她只是逕自打開了斷電的冰箱，翻了翻幾個還不算發霉太嚴重的冷凍麵包，然後從櫃子裡撈出鮪魚罐頭，胡亂就想打發一餐。

她遞給了男孩一片，男還沒敢接過，她就擱在了桌上，比起拿刀的男孩，她更害怕拿攝像機的和麥克風的那些人，因為那遠比刀械，更能在她平靜的日子裡割出一道狹長的口子，令她的世界血流不止。

麗雅問了他很多問題，他沒有回答，除了他的名字，他說，他叫盧男。

他吃完了麵包，奇怪的是，他沒有走，他像是也沒有地方去，而後來門外記者時有時無的敲門聲，還有潑漆叫囂的義勇人士，讓盧男只好乖乖揀了個角落，坐了下來。

他和麗雅的話不多，大多是麗雅問，而盧男選擇性地回答，盧男的個頭不高，瘦瘦小小的，麗雅總會在麵包切片上，多裹上一些罐頭餡料，他這個年紀的孩子，就應該要多吃一些，畢竟還在發育呢！他應該比冠軍大個三、四歲吧？會不會在學校也被欺負呢？麗雅腦中閃過很多很多的問題，但她也不是真的想要從這些問題裡得到答案，這幾個月以來，她不知道她究竟想要得到的是什麼。

她突然想起了那個直播主，下意識的，她撈起了桌上的手機，想找找關於她的訊息。

直播主叫楊思敏，就是許太太口中棄屍殺人案的主角，她和李心惠都是知名的網路紅人，李心惠最後被人發現的時候，是在山上的亂葬崗裡，她的五官被劃得面目全非，令人髮指！而最後一通的通聯記錄，則是從她的好友楊思敏的手機撥出的，目前警方雖沒有確切證據，但仍不排除楊思敏和她的男友游俊瑋串通殺人。

楊思敏自從事發之後，便鮮少主動在鏡頭前露面，她的代言、活動、廣告、主持全給撤了下來，但她的新聞卻沒有隨著她的銷聲匿跡而減少，記者和網友總能努力不懈地扒出她的歷史、住處乃至於她的家人。

她不知道為什麼還在關注她的消息，是因為覺得案情不單純嗎？是因為她過得和自己差不多悽慘嗎？還是因為想藉由內心的道德去公審別人，證明自己和世界沒有對立，自己並沒有站在道德的對立面嗎？她不知道，麗雅沒念過多少書，她不知道自己關注這條新聞的意義是什麼，更多的，應該只是想要轉移對冠軍的注意力吧。

突然一則網友的評論跳了出來，扔了一個網址，把黃麗雅帶到了一個直播間。

原本銷聲匿跡的女孩，脂粉未施地，出現在了直播間裡。

她出現在最熟悉的螢幕裡，她們這一行像是掌心裡的商品，每一個鏡頭前的買主，或許都用著不潔的手掌一手握著螢幕，更有的，另一手還握著生殖器。

她知道，她怎麼會不知道？她在這樣的一個花花世界裡築起了一座粉紅色的城堡，糖果的雲朵、琉璃的馬車、彩虹的吊床和雲霞砌成的一磚一瓦。楊思敏不是一個富裕環境下出生的孩子，她是一個不知道父親的孩子，而母親早早就和別人另組了家庭。

因此楊思敏必須很乖、很聽話，她必須懂得怎麼察言觀色，她必須在繼父酒醉後跪在門口，任他打罵、任他奚落，任他對自己逐漸成熟的胴體恣意妄為，她曾經在直播裡和李心惠說過，她說過不喜歡自己的大胸部。李心惠是大學後才認識楊思敏，她並不知道她的過去，只以為是在和自己開玩笑，就像那些考九十九分的孩子，卻還在抱怨為什麼丟失了那一分？而如今，鍵盤俠們當然不會放過這句話，論壇上早已經被做成了各種戲謔的梗圖和創作文。

楊思敏也不是天生就懂得討好，沒有人應該一出生就懂得卑微。但她的母親總在被繼父家暴後，告訴她，要不是因為她，母親應該獲得更好的人生。而她的繼父在對她毛手毛腳後，總會告訴她，她現在張口的每一粒米，甚至連月事用的衛生棉，都是從他褲襠裡生出來的。

她記得高中的歷史老師曾經說過，部分的基督教派，倡導原罪論，這「原罪」，來自於被惡魔蠱惑的男女，偷嘗了禁果，而被逐出伊甸園。因此，人的終其一生，都在贖罪、都在懺悔，就像她高三那年的某個深夜，險些被繼父強暴，衣衫不整地逃出了家門，原罪，來自於被歲月逐漸催熟的女體。

後來的事情，她不想回憶，半工半讀，上了大學，接觸了直播軟體，也認識了李心惠。直播裡的世界太過新鮮，對楊思敏而言，就像是烏托邦裡的世界，她原本平庸的歲月、拖累生母大好人生的原罪、令繼父覬覦那逐漸臻於成熟的胴體，一切的一切，在這裡成了褒獎和激賞。

她換掉了發霉的床單，換了小窗簾，為自己買了一台代步的摩托車，也從男女混雜的雅房，換成了有電梯的小套房。她開始喜歡化妝，開始喜歡照鏡子，淋浴後，她會趁著蒸氣，在霧濛濛的鏡子前面，悄悄地端詳自己的肉體。

她開始說服自己，即使是這樣的自己，也不必太過厭惡，或許，可以試著喜歡自己。那些個勵志書上不是說過嗎？人要先喜歡自己，別人才會喜歡妳。在直播的世界裡，每個男人都說愛她，都說想要娶她，連鏡頭彼端陌生的那些人，都喜歡上這樣的自己了，母親，如果相遇，一定也會喜歡自己的吧？

她一直想著有一天，當她足夠愛自己，能給母親過上好生活的時候，她要去見母親，她相信母親不會再對她辱罵，她要彌補因為自己的誕生，而將後半生葬送在繼父手裡的母親。

可就在楊思敏準備好一切以前，母親，還是毫無防備地，闖進了她的人生，更確切來說，是闖進了她工作的場域。她還記得她受邀到了汽車展場，她的第一場秀，久久未連絡的生母，衣衫襤褸的，就在圍觀的人群堆裡。

她熱淚盈眶，怎麼結束了上半場秀她已經不記得，只記得中場休息的時候，母親開口跟她要了十萬，後來，就是好幾個十萬。聽說母親也開始酗酒，開始沾賭，不知道是被繼父感染了，還是繼父是那條纏繞在禁果樹上的惡魔，而母親，只是剛好被誘發了本性。

她還記得那天，她本來想給母親一個擁抱，可最後，卻只從皮夾裡掏出一疊現鈔。

螢幕下方跳出了各種辱罵的對話評論，她幾乎忘了自己正在開直播，楊思敏從來沒有這麼赤裸地暴露在螢幕前，她大大的黑眼圈掛在眼窩下方，油光和蠟黃的肌膚赤條條地暴露在觀眾面前，她脂粉未施，凌亂的髮絲掛在嘴角，那些「母豬」、「妓女」、

「殺人犯」、「狗男女」等等惡毒的言論她這陣子沒有少聽過。

那些曾經對著她直播打手槍的男人，如今一個個成了捍衛正義和司法的完人。有什麼辦法呢？她的城堡、她的王國、她的琉璃馬車，全是從他們褲襠裡撈出來的，就像那個她幾乎快忘了長相的繼父一樣。而那些平常喚她姊姊妹妹的姊妹們，如今卻像是她得了傳染病一樣，一個一個開始隔離，更有的，在她們的直播裡狠狠踩上她一腳，再創點閱新高峰。

比如，尋歡力捧的直播甜心，廖子喬。

楊思敏擦了擦眼角的淚光，她在開直播前就告訴自己，這個世界，不值得這麼多眼淚。

「各位小寶貝們晚安，我是你們的敏敏，答應你們的十萬粉絲Q&A今天一次回答給大家。」

楊思敏的尾音有些顫抖，她還記得自己是多麼努力才爬到三十七萬的追蹤人數，那些現在用骯髒字眼辱罵她的帳號，她都曾在深夜一則、一則回覆他們每一個人，哪怕，只是說一句晚安。她仍然記得自己剛滿十萬追蹤的心情，那種久久未能散去的悸動，到現在都還不曾冷卻。

「或許我是第一個因為被退追蹤，而重複舉辦十萬問答的直播主吧！」她一面說，一面打開了她的臉書，然後說道：「謝謝熱心的網友將『楊思敏滾出直播圈』的粉專連結貼給我，熱心的站長BITCHYANG748還幫敏敏整理了各項網友們想問敏敏的問題，我從三萬八千則留言裡，過濾掉單純辱罵的訊息，有七千多人想問我，心惠每天晚上壓妳，妳睡得好嗎？」

楊思敏苦笑，然後說：「謝謝各位網友擔心我的身體狀況，我最近確實失眠，但是一次，一次心惠也沒來到我夢裡。」她說完緊接著回答第二題：「另外六千多人想問我，左乳頭是不是有一顆痣，因為曾有網友爆料我在東區夜店公廁和男人亂搞，是嗎？」

右下角的評論頓時達到了沸騰，一則又一則正氣浩然的評論像一隻又一隻無形的手，從螢幕裡伸了出來，想要撥開女孩最後一道，也是最私密的防線。他們大義凜然、他們剛正不阿、他們集天地浩然之正氣，只是想要替李心惠討一個公道，是吧？是嗎？

楊思敏咬著下唇，盯著數百、數千、不，或許數萬則，那些認識的、不認識的，全都想看她的笑話；她是個女孩，二十二歲，她的世界乘載了太多太多，多到她幾乎忘了自己還是個女孩，但短短幾個禮拜，她卻已經站在道德的彼岸，和整個世界對抗。她對不起誰她不知道，太多太多的社會法則，是學校教科書本裡不曾教過，太多太多的仁義禮教，現在在不斷跳躍而出的評論裡，叫她學會幫乾爹們漱懶覺。

一瞬間，這個世界變得好陌生，她到底是誰？她又為何而生？如果人出生就註定要死亡，那來到世界的意義又是什麼？如果人一出生，就注定要背負原罪，那為什麼又要給人們那些如永夜閃爍微光般的希望？

楊思敏深吸了一口氣，撥去了外衣，粉紅色的胸罩包覆著渾圓的胸脯，她說過，她不喜歡自己的胸部，那個吸引繼父犯罪，和破壞家庭和諧的凶器。當母親被酒醉的繼父施暴過後，母親會給她一記耳光，因為她的胴體勾引著繼父，而她的出生，耽誤了母親邁向大好人生，因為母親常說，如果沒有她，她會嫁得更好，不是嗎？

一個正義的魔人說，楊思敏，是在為往後的全裸寫真鋪路，是在沉寂過後，想靠著少女初脫，脫出一條演藝之路。

往後？自從李心惠死後，她從來不知道有沒有明天，這個世界太苦、太苦了。

她解開了後背的排扣，將自己毫無保留的暴露在螢幕前面，酥胸無瑕，如皚皚白雪，沒有任何一粒污點。

她以為這樣一來，就得以解脫，可是圍觀的人數戲劇性地攀升，已經沒有人記得她為什麼解開自己的胸罩，沒有人記得誰爆料她在東區夜店和男人亂搞，更沒有人記得誰殺死了李心惠，沒有人記得欠了這女孩一句道歉，而女孩應該為了自己沒有褪去內褲，愛撫自己的敏感帶，用來取悅這些高高在上的審判長，而感到深深地抱歉。

她憤怒、她羞愧、她傷心、她癲狂，這時候她腦中閃過了一個禮拜前的新聞，《水果周刊》的記者，採訪了她的母親，她知道，母親是愛錢的，儘管在楊思敏所剩不多的理智裡，她想相信，想相信母親愛她，想相信這個辛苦懷胎十月的女人，愛她更勝過鈔票，但新聞，卻狠狠擊碎了她最後的信念。

她突然開始大笑，抓起鍵盤，狠狠地朝自己的額頭瘋狂地砸去，然後對著螢幕咆嘯道：「我只是，想要有人愛我！」

第六章　渴望被愛的女人（下）

女孩的直播間裡，不斷迴盪著這句撕心裂肺的咆嘯，她像在大聲地質問，質問一個沒有人能給她的答案，又或者，根本不存在人間的答案。她不知道自己到底還想證明什麼？又還能證明什麼？什麼得憂鬱症的國小同學？什麼開放性歡迎搭乘的公車？什麼假面甜心？現在除非準備火化的李心惠死而復生，這個世界再沒有人會相信她說的每一句話。

生活本來就不容易，但她從來沒想過，會這麼的不容易。

她腦中突然閃過了十歲那年，一個綁馬尾的社工姊姊到她的家裡拜訪。繼父在姊姊到訪的前一天，還讓她咬著自己的襪子，跪在門口好好反省，反省什麼她早已經不記得了，興許，繼父也從來沒有記得過。在開門的前一刻，繼父還特地幫她洗了把臉，讓她換上舊衣回收箱裡偷來的洋裝，捏著她的小手，慈祥地說：「敢胡說八道，就把妳賣掉。」

她知道繼父是嚇唬她的，那是大人對小孩子的幽默，她懂，她都懂，小小年紀的她是多麼的善解人意啊！那天，是她見過繼父最溫柔的一天，她曾想著，如果她有爸爸，或許就是像那天的繼父一樣，對她那麼溫柔，對吧？

社工的姊姊帶來了很多玩具，也給了繼父一疊厚厚的信封，收到信封的繼父很開心，還拉著她的手說，要讓母親晚上給他們煮火鍋，雖然，最後她終究沒有吃到什麼火鍋。社工的姊姊給她講了很多故事，還告訴她，有一個著名的心理學家說過，人類最重要的價值，應該是在自我實現，那是凌駕於生理、安全、社交等等最高的依歸和價值。

楊思敏搖了搖頭，她聽不懂姊姊在說什麼，姊姊拉了她的手，問她將來想做什麼？她想了很久很久，說想要很多很多人喜歡她。姊姊問她，那當明星好不好？思敏先是怔了一怔，然後笑了，她笑得很燦爛，因為當了明星，就會有很多人喜歡她，繼父和母親，一定也會很喜歡她，母親不用再去電影院外面賣黃牛票，繼父也不用在家裡等有工程，才能被請去工地當臨時工；家裡也就不用愁吃穿，繼父一定也會少喝酒，這樣她和母親，日子一定也會好起來，是吧？

可惜社工姊姊傍晚前就離開了，她像是為思敏漫長而苦悶的人生，帶來了一絲曙光，卻又隨著關上的門把，歛起了最後一抹餘暉。繼父朝窗外探了探，確認社工姊姊走遠之後，拉上了窗簾，打開了冰箱，熟悉的啤酒拉環和氣泡湧出的聲音，那是挨打的前奏，楊思敏一輩子都不會忘記。

等她回過神來，手上多了一把美工刀，右手手腕開始汩汩地流出鮮血，一滴、兩滴從筆電螢幕上方流淌下來，她感到一陣暈眩，一陣飄飄然，身體突然變得好輕、好輕，好像所有的罪惡，都隨著鮮紅色的液體一同抽離她的人生，她會好起來的，等這些罪惡的液體，抽乾了之後。

後來，好像有人闖入她的租屋，他們是戴著警徽的那些人，也是那些把她關在偵訊室，恫嚇她供出他們想聽的實情的那些人。

再後來，楊思敏的直播因為違反色情及暴力，將無法再使用相同IP註冊，平台管理員，總算守護了直播平台的一方淨土，家長們也不用擔心自己的孩子，會因為網路而變壞，真是可喜可賀。

早餐店裡，只剩下男孩咀嚼發出的聲響，可不知怎麼地，麗雅的耳朵裡，仍舊迴盪著剛剛楊思敏那撕心裂肺地呼喊，她像在控訴，對全世界控訴，對那些批評她的聲浪，對那些為了踩自己一腳往上爬的傢伙，對那些曾經口口聲聲說愛她、不能沒有她的粉絲，對那些不靠著排擠她就會被世界排擠，還有那些認識與不認識卻口耳相傳說得煞有其事的你我他。黃麗雅沒能看完整場直播就趕緊地滑掉手機，不知道是不是因為旁邊還坐著十三、四歲的盧男？還是因為自己曾經也隨波逐流地人云亦云？

與其說是直播，倒不如說是拷問，拷問屏幕前面，每一個人的良知。

盧男吃完了鮪魚三明治，將手上的麵包屑在自己的衣服上拍了拍，又用手背抹了抹嘴角的油污，麗雅搖了搖頭，不由自主地拿了手帕，想給他擦嘴，但盧男卻彈了開來，麗雅也不勉強他，兩個人又坐了下來，沒有說話。

盧男親眼看著麗雅入睡，這個時候的她，沒有一點防備，刀子就放在流理臺上，離他不到一公尺的距離，他只要站起來、跨出一步。

第七章　不一樣的家庭

麗雅的生和死，就捏在他的手裡，他並不明白要殺一個人，和殺死一隻螞蟻有多大的區別；又或者，是因為那幾片鮪魚三明治，而使他的內心動搖了嗎？他站了起來，卻又坐了下來，反正，他本來也只是想拿錢，拿了錢，他就走，沒有什麼值得他留戀的。

但眼前這個女人，看起來也不比他好過多少，這些滿地的藥罐，他曾在母親的包裡看見過，有黃的、藍的、也有白的，像是糖果一樣，他的母親酒醉後，曾經從包裡掏出來要給他吃，卻被奶奶嚴厲地賞了一個耳光，以前他不明白，為什麼吃一顆糖，奶奶要發這麼大的脾氣？奶奶不是最疼他的嗎？

忽然，他想起了他的母親，好想，好想。

他的母親，是一名妓女，也就是大家口中稱的「站壁」，或是「流鶯」。

在他還不知道以前，奶奶給他編了很多故事，他聽過各種各樣的版本，有說過母親是在加工工廠上班，有說過母親去海外工作，也有說過母親在某所學校教書。起先，盧男會追問，也會反駁這故事和上一次聽的不一樣，奶奶總會推說是她年紀大了，人老了，事情也就記不得了！但沒有變的，就是母親已經死了，唯有這個結局，奶奶是沒有記錯的。

奶奶說，母親沒有留下太多東西，最值錢的，就是他和他這個名字，盧男，不，應該叫做「盧田力」，因為奶奶報戶口的時候，把名字寫錯了。

他們搬過好幾次家，因為那些刺青的人，總會找到他們。他們每次都會撞門，說要找盧水秀，也就是他的母親；儘管奶奶再三解釋阿秀已經死了，甚至骨灰罈都捧到了面前，刺青的那些人還是不會相信，有一次，還打碎了骨灰罈，帶頭的那人叫做阿狗，阿狗說了很多污辱盧男母親的話，但那時候盧男還很小，也聽得不是很懂，但知道他們在辱罵母親，他們是壞人，他很生氣、也很難過。

八歲那年，他和奶奶搬到墓園旁邊，說是墓園，其實附近都是一些無主墳，說白一點，就是那些沒錢的，或是枉死的、被黑道私下處決的，都會扔到這裡。盧男本來很害怕的，但想起刺青的那些人，他便沒那麼害怕了。十歲那年，因為沒寫作業，他被留到很晚很晚，因為奶奶並沒有學過乘法和除法，奶奶說，只要賣竹籃的錢，不要找錯就好了。他不知道學九九乘法究竟有什麼意義，但陳老師當著全班面說，如果奶奶將來接到很多很多的訂單，乘法就用得上，可是他和奶奶就只有兩雙手，要怎麼接那些很多很多的訂單？陳老師講的時候笑了，小朋友也笑了，只有他一個人沒有笑出來。

當天他趁著陳老師去廁所，偷偷摸黑溜出了學校，沿著街燈，五十步一盞，沒有光的地方是田、是樹、是比人高的雜草，它們隨風搖擺，盧男低著頭，雙手插著口袋，不敢隨意張望，手心裡頭全是冷汗，好像黑暗裡，隨時會有什麼東西竄出來一樣。漸漸的，五十步街燈的規律消失，回頭已經看不見任何住宅窗子裡透出的微光，斜陡的小山路明明已經走過了幾百、幾千次，但在夜裡走起來，就覺著怎麼看都認不清，好像會通往陰曹地府一樣。

遠遠地，他看見了一個人影徘徊，他本來害怕，這裡已經接近墓園，也靠近了自己和奶奶的家，他腦中浮現了各種學校流傳、奶奶逼他睡覺的恐怖故事。那人影越來越清晰，盧男躲在一顆大樹後面，腳下還有被打翻的供品。但他已經沒有力氣去管踩到別人的墳頭，他的雙眼，一時一刻也不敢離開人影，那人影弓著背，外八的步伐有些踉蹌，一高一低聳起又落下的肩膀隨著步伐擺動，讓他想起了阿狗，那些刺青人的頭頭。他內心突然出現一個奇怪的聲音，隨即他開始禱告，直到能看清楚那人的面容之後，才鬆了一口氣，「原來只是一個醉漢！」他想。

但這時候他才意識到，他剛剛竟然祈禱自己寧願撞鬼，也不願見到刺青的那些人，原來可怕的東西，也可以有先後順序的排名，想到這裡，他才笑了出來。

盧男其實並不知道為什麼要上學，為什麼每天要走一、兩個鐘頭到學校，學習那些和未來人生沒有直接關連的東西。但奶奶總是逼著他去，他曾經和奶奶說過，如果奶奶這麼喜歡學校，為什麼不自己去念小學？但奶奶也說不上來，就是摸了摸他的頭，然後繼續織她的竹籃。

奶奶曾經參加過一次家長會，特別趕工做了一個竹籃給陳老師，奶奶的眼睛不好，尤其熬夜編織的時候，常常會扎到自己的手，他曾問過奶奶會不會痛，但奶奶總是摸摸他的頭，說已經沒有感覺了。可陳老師到底沒有用奶奶編織的竹籃，陳老師說，奶奶編得很好，所以捨不得用，可東西就是拿來用的，他雖然愚鈍，但他知道陳老師說的，終究不是實話。

就像那些刺青的人污辱母親的話一樣，都不是實話。

但平靜的日子沒有過多長，阿狗還是找上來了，他和刺青的那些人又是把門踹了、把東西都砸了，可是奶奶這次很平靜，沒有哭，只是靜靜地抱著他，盡可能地遮住了他的眼睛和耳朵。

刺青的人是土狼，而阿狗是領袖，他們總能嗅到他和奶奶的味道，奶奶這次沒有低聲下氣的哀求，也沒有無助的哭喊，她狠狠地把枴杖摔在地上，衝進了廚房，提了一把菜刀，一邊揮舞、一邊放聲嘶喊著：「錢是我借的嗎？阿秀不也是你推她下海的嗎？」

幾個年輕的大漢被奶奶的舉動嚇呆了，可能他們一輩子沒有想過，奶奶那風吹就倒的身體，會住著這麼剛烈的性格，一時之間還真不知道拿奶奶怎麼辦才好，但嘴上仍不停的叫囂，只有阿狗還是一樣鎮定，擺了擺手，要大家安靜下來，他沒有說話，倒是奶奶又開了口：「錢，在進棺材之前一定是會還的，如果你現在就要，就只有我賤命一條。」

盧男被這個場景嚇呆了，在他的記憶裡，奶奶從來都是溫順的，和他那個只見過幾次面的母親不同，在他少得可憐的母親記憶片段裡，母親總是在和奶奶吵架，拿了錢就朝門外走，有時候連看也沒看他一眼。他知道，母親是忙碌的，母親是要工作的，而且，母親總是愛他的，她偶爾也會帶一些水果回來，喝醉的時候，總會抱著他、摸摸他的頭，然後不勝酒力，最後吐了一地。

母親是愛他的。

奶奶說，他的名字是母親給取的，那是母親留給他最珍貴的禮物，儘管，因為奶奶不識字的關係，盧田力被取成了盧男，但至少母親是在乎過他的，只是因為工作的關係，她沒有辦法陪在他身邊，又可能是因為奶奶嘮叨，母親才不願意常常回家，有時候，他也怨過奶奶，但他總沒有辦法真的討厭奶奶。

但說也奇怪，那天奶奶不知道和阿狗說了些什麼之後，阿狗不再帶那批刺青的人來家裡了，家裡偶爾還會出現一些別人寄來的水果，奶奶說，是一個朋友寄的。可他從來沒聽說過奶奶有什麼朋友。奶奶本來的朋友就不多，又時常搬家，最初曾有幾個和奶奶年紀相仿的人來家做過客，可後來因為阿狗他們來討債，也就鮮少來往了。

當他相信日子正要好轉的時候，他升上了國中。

國中是一個追求同儕認同的年紀，他開始試著交朋友，也開始學會試著欣賞異性，但卻像膽小的獵捕者，總是在暗處窺伺，極盡可能地想確保萬無一失，就算一點點的風吹草動，都會讓他心驚膽跳。這些害怕得不到回應的愛，興許來自於盧男的母親，來自於母親那求而不得的關愛，可他的年紀太小，還不懂分辨這種細微的情緒，只知道他害怕右前方的女孩轉頭會剛巧和他偷窺的眼神對視，深怕這種藏在內心深處的秘密，會被女孩發現。

他已經不是第一次見過同學那些異樣的神情，就算是陳老師這樣明理的人，也沒能跳脫出這樣的窠臼。他記得國小的時候，陳老師曾舉辦過一個活動，叫做「今天去誰家」，那是利用星期六半天課後的課餘時間，帶小朋友們輪流到各自的家裡拜訪。起先，他並沒有覺得自己和別人有什麼不同，他只是沒有爸爸和媽媽，但他或許比別人多了一個一起住的奶奶，可當大家到他家裡，見識過他們的神情過後，他才明白，自己和他們有多天差地別的不同。

陳老師嘴上說著沒關係、說著不在意，但卻沒有一個人想喝奶奶親手泡的茶，小朋友們也沒有人要坐在竹藤的椅子上面，儘管椅子的數量本來也就不夠。就連陳老師也只淺淺地坐了三分之一。後來，他們參觀了班上其他人的家，他們的爸爸媽媽穿著十分體面，有的媽媽還戴了珠寶，他們溫柔地從冰箱裡拿出他生日都不一定能吃到的奶油蛋糕，還泡了加了草的熱紅茶，陳老師說，那叫做香茅。

盧男是見過那些眼神的，從那天之後，他發現班上的小朋友看他的眼神，和以往十分不同，甚至有一些常常在一起玩的小夥伴也漸漸疏遠了他，當然，這和那天招待同學們到一半的時候，阿狗他們到家裡鬧事，有一定程度的關係，可那又怎麼樣呢？他不是還是他嗎？阿狗不也沒有傷害他們嗎？他後來說服自己，一切都是阿狗的關係，因為他不願意相信是自己的貧窮，而造成了這一切的疏離。

可現在盧男已經升上了國中，阿狗也不再到他們家恐嚇他們了，那麼右前方的茜茜，也會接納自己的吧？

儘管他在內心千百次地想這樣說服自己，但卻一次也沒有開口和她說過話。盧男就是個這麼矛盾的少年，一方面，他不希望茜茜知道自己的家庭背景；可另一方面，他又暗暗希望茜茜能接納自己，可這樣矛盾又忐忑的情緒，沒有持續太久，因為他的小秘密，最終還是被班上的同學得知了。

世界說大不大，說小，卻也不小，盧男班上同學的哥哥，正巧就在阿狗手下做事，於是，班上開始颳起了一陣旋風，他們都說，盧男的媽媽是在賣的，只要給他錢，你也能玩他的母親。

盧男和班上的同學打了一架，他不單單是為了自己的母親，也為了茜茜看自己的眼神，可他終究沒有打贏，不管是捍衛自己，還是捍衛自己母親的這場戰役。國中的小生態圈和國小不同，老師並沒有辦法全權介入這樣的一個小社會，而班上的同學也深怕自己成為抓耙子，沒有一個人願意去告密，最後，盧男反而成了班上的問題學生，不是打架，就是逃學。

盧男氣得回去質問了奶奶，奶奶半晌沒有說話，只是織著手中的竹籃。

「竹籃？又是竹籃？妳除了織竹籃妳還會什麼？」他氣得打掉了奶奶手中的竹籃。

第八章　大火

奶奶沒有說話，只是看著滾落在地上的半成品，她佝僂的身軀緩緩地彎下了腰，把它撿了起來，她的手在顫抖。她知道，她一直都知道，她知道自己不善編織謊言，就像她那粗老又笨拙的雙手，一直都不適合編織竹籃一樣；她知道孩子有一天會長大，也知道自己一個愚笨又沒有知識的女人，能對這個逐漸長大，正在學術殿堂一天一天接受智慧洗禮的孫子隱瞞多久呢？盧男是一個多麼聰明的孩子啊！他早就看穿她的故事有多麼的拙劣，只是他從來不想拆穿、也不想面對，剛好，她自己也是一樣。

時間像是定格了一般，人們在面對負面的情緒都一個樣。快樂的時間總是鳳毛麟角，而悲傷的時間卻是綿綿無期；小屋裡的氣氛一下凝結成了冰點，奶奶不說話了，牆上的掛鐘不走了，風聲也靜止了，這一幕永恆靜止在了盧男的心中。

盧男的咆哮聲，在整間小屋裡無休止地迴盪，這種震耳欲聾的罪惡感，壓得他幾乎喘不過氣，他知道，他知道這一切都是真的，他的母親是個妓女，茜茜一輩子也不會喜歡上自己，他這樣的人，憑什麼渴求揹著書包，和其他的同學一樣，過上那高貴而平凡的人生呢？從陳老師帶他們班的小朋友家訪那刻開始，他就該知曉，這一切問題的源頭，從來都不來自於阿狗，而是來自於自己的母親。

盧男轉過頭，奔向了屋外，一連幾公里，他沒有歇止，他不知道要跑去哪裡，哪裡又是他的終點？他離開了小山上竹林外，他看見了夏日午後的太陽，公平地撒在每一幢房子的屋頂上，這就是世人眼中的平凡和公允，陳老師曾這麼說過。

可陳老師沒說的，是這世界上，總有陽光無法觸及到的地帶，那是上帝遺忘的一隅，不是嗎？

盧男一陣天旋地轉，他被一陣劇烈的搖晃給吵醒，他看見原本黑暗的早餐店裡一片亮晃晃地，是早晨了嗎？他想。

他的眼前出現一張陌生但又熟悉的臉，恍惚間，他以為自己看到了母親，她掬起了他的臉龐，散亂的頭髮批垂在他的臉上，弄得他有些麻癢難耐。他揉了揉眼睛，眼前的女人表情寫滿了焦慮和擔憂，一瞬間，他感受到了無比的失落，因為那人，絕對不是他的母親，他的母親，從來不會用這樣的神情望著他，即便他忘了自己母親的樣貌，但他卻忘不了女人此刻的表情，那是他一生中，除了奶奶臉上，再沒有人曾為他流露的表情。

火星很快地匯成了火舌，嗆鼻的濃煙讓他和麗雅不斷地乾咳，逼逼啵啵的燃燒聲阻絕了外界一切的聲響，麗雅張大了嘴，好像說了些什麼，盧男什麼也聽不見、什麼也聽不進，他只覺得此刻的光和女人很美，有一種末日救贖的感覺，震盪著他的心靈。

麗雅在口袋裡摸了半晌，然後抓起了盧男的手，塞給他一大把銅板和散鈔，把他從後門推了出去。

盧男就這樣混在了人群中，外面很快擠滿了圍觀的人群和進不來的消防車。圍觀的人來了又走、走了又來了一批，可他就是沒有看見麗雅的身影。人們交頭接耳地討論，說著無關緊要的對談，可這時候的每一個眼神、每一句談話，對幼小的盧男而言，都像是一種無聲的指控，像是在指責他，又再一次從人生的難題中，掉頭就走。

大火燒出了整夜的白晝，兩個曾交集而碰觸的靈魂，在這一刻，也將走向白晝與黑夜。

第九章　失格

「騙子，我爸爸說，你媽媽是騙子！」

「我媽媽才不是騙子。」冠軍插著腰，大聲地斥駁著。

「你媽媽是騙子，騙子的兒子也是騙子。」

冠軍生氣地拿起水壺，就要打人，那幾個隔壁班的小男生還一面跑、一面嚷嚷著：

「騙子說不贏就要打人，騙子果然全家都是騙子。」

麗雅不是沒有找過老師，她記得事情發生的隔幾天，她找上了冠軍的班導師，楊老師。

她還記得她拉著冠軍的手，來到了老師的辦公室，冠軍是說什麼也不肯進到辦公室裡，就像他身上大大小小的烏青，就是麗雅問破了嘴皮，冠軍也是不肯說的，他的性子就是倔，跟他爸爸一個模樣。

楊老師是一個很年輕的老師，戴著黑框的眼鏡，窈窕的身材一眼就看得出沒生養過孩子。就像母親說的，沒生養過孩子，怎麼知道怎麼帶孩子呢？可是麗雅不能再這麼想了，她是來解決問題的，並不是來製造問題的。

沒有做錯的人，為什麼要感到羞愧呢？她的想法很單純，只是想給冠軍做這樣的一個表率。

楊老師沒有站起來，她正在批改作業，順手拉了張椅子，要麗雅先行坐下。麗雅的手在膝蓋上不安分地躁動，把裙子都硬生生地捏出了皺褶。她都已經三十多歲的人了，竟然還像是回到了學生時代，那種做錯事情，害怕被老師處分的年紀。

誰叫她一直都不是父母和老師眼中的乖孩子，那種品學兼優，會第一個到學校開門的好孩子。可就算是這樣她還是想給冠軍做個表率。

麗雅的喉嚨在震動，她的身子前傾，正想說出一點什麼，楊老師卻率先摘掉了眼鏡擱在桌上，這一擱，把麗雅梗在喉頭的話，全又給憋了回去。

「冠軍最近的成績退步非常多，身為家長，我希望您能注意自己的言行。」楊老師劈頭就這麼說。

言行？什麼言行？

楊老師沒有等她回答，先握住了她的手，然後又繼續說：「冠軍還小，他在這樣一個特殊的家庭下長大，我們很遺憾，但這不該是他矮人一截的原因。」

麗雅越聽越不像話，什麼是特殊家庭？冠軍什麼時候又矮人一截？什麼樣的家庭叫做不特殊，什麼樣的家庭又叫做健全？為什麼健全的家庭就會高人一等？她還沒來得及張口，楊老師又繼續說道：「現在很多的家長，都以為把孩子生完交給老師就沒事情了，但孩子其實是需要家長和老師一起雙向監督和溝通的，我們都有責任，我沒有放棄，我希望冠軍媽媽也不要放棄。」

放棄？她什麼時候放棄了？她瞥見窗外的冠軍，正低著頭，踢著腳邊的小石子，她原本頹然的情緒，一下子怒不可遏，她是一個母親，她是冠軍的母親，她不是還要給冠軍做一個榜樣嗎？麗雅截斷了她的話頭，提到了冠軍身上的烏青，這時候教務主任圍了過來。

「冠軍媽媽，你誤會了啦！那是小朋友之間在玩而已啦！」緊接著教務主任說了學校參加反霸凌繪圖競賽，溫太太家的浩岷得了全縣第三名，小朋友們還做了反霸凌彩帶掛在各班級門口，學校這樣的用心良苦，怎麼會有校園霸凌呢？

她不記得，自己最後是怎麼偕同冠軍離開的，她對霸凌兩個字，有了不一樣的認知。

網路紅人廖子喬說，她最看不慣這些帶頭霸凌的大人，國小是每一個小孩成長最重要的階段，思想和價值觀都會在六年的時光裡，逐步被塑型，也因為這樣，每一個教職者的言行都是相當重要的，我們都知道「霸凌」這兩個字怎麼寫，都知道霸凌對於每一個個體所帶來的危害性及影響，可卻在不知不覺中成了霸凌的始作俑者。廖子喬說得慷慨激昂，鮮花和火箭，氣球和遊艇大把大把地彈了出來。

廖子喬說，她這番言論，不是為了營利而開啟這樣的話題、發出這樣的正義之聲，是因為自己對於社會的心痛若有感悟，因為這個社會不該這樣下去。

可巧的是，一個叫做社會診療室的部落客，在廖子喬開直播的三天前，也曾發表過一篇一模一樣的文稿，而直播結束後，部落客被控抄襲廖子喬的直播內容，恬不知恥。

「當然，老師霸凌學生就已經不對，我更不能理解那個早餐店的老闆娘。」廖子喬一面說，一面撥了撥擋在胸前的長髮，露出最近代言的水鑽項鍊。

廖子喬說著說著，便將話題帶到學生堯欣愛的家庭背景上。

堯欣愛的父親，堯建隆是一名工人，欣愛的母親早年重病死了，父親一手將她拉拔長大，雖然生活有些刻苦，但總歸沒有讓她受到什麼委屈。這一次因為父親在工地工作的時候，不慎右手受傷，導致一時間金錢周轉不過來，他只好讓女兒同蔡老師說明原委，並告知營養午餐費會遲一些繳交，可他一個大男人哪裡會知道，女兒正是好面子的年紀，她怎麼願意把這些事情告訴老師呢？剛好那時候學校要舉辦同樂會，蔡老師便說，因為堯欣愛至月底仍未繳交營養午餐費，便將同樂會取消，改成加強月考範圍，也因為這樣，小小的學校生態鏈，有了翻天覆地的巨變。

班上調皮的男同學，給堯欣愛起了一個綽號，叫做「要性愛」，這樣一股旋風便刮了起來，而蔡老師也默許了這個稱號的存在，有時候，也會有意無意地用這個綽號調侃她，甚至說是因為她父母親性生活美滿，才給她取了這個稱號。

可她，只是一個四年級的十歲女孩。

堯建隆曾多次和學校反映這個狀況，但卻遲遲沒有得到回覆，在朋友的建議下，他找上了《自由民報》的記者，事件因此而曝光。

廖子喬說，要一個四十歲的單親父親，放下自己糊口的工作，到學校、甚至是教育局門口拉布條抗爭，他是一個多麼英勇的鬥士，他捍衛的不只是自己女兒受損的權益，是為整個教育體系出現的瑕疵，而奉獻自己時間和生命的先驅。她一面說，一面流下了眼淚。

麗雅在黑暗的螢幕中，望著鏡頭下的女人，她說得動容、說得憤慨、說得好像一幕又一幕，全都發生在了眼前，現在是這樣，楊思敏的事件也是一樣。

而這一切的源頭到底是什麼呢？麗雅又是從哪一步開始走錯呢？是因為認識了梁太太嗎？是因為接受了《國興報》的採訪嗎？還是因為把冠軍送到儒善國小就讀呢？事件就像是一顆悄無聲息的種子，被扔進了土壤，是姚文玲讓芽苗探出了土壤，是教育學家、兩性專家、是像廖子喬這些她只隔著螢幕見過一面，又或者連見都沒有見過的陌生人，讓它茁壯，歸根結柢，是輿論養大了這顆毒苗，將她和冠軍的家撐得支離破碎。

「麗雅！麗雅！」身旁的男人將她搖醒。

她揉了揉浸溼的眼角，這個夢像是一個無休止的迴圈，在每一個午夜夢迴，悄無聲息地反覆播送。男人遞給了她一杯咖啡，她在他的車裡睡著了，他知道她又作了噩夢。

「沒事吧？」男人給了她一個吻，這對於在大海中浮沉的麗雅，是多麼重要的一根浮木。

自那起火災之後……不，自那則新聞爆發之後，麗雅再沒有感受到一刻的安穩，除了這個到平林醫院買三餐陪她的男人，他是楊國欽，雖然她不確定她在他心中是什麼樣的關係，儘管車子已經開向了賓館，儘管，男人伏在她的背上褪去了她最私密的一處衣裳，儘管有太多的儘管，但此刻的麗雅，就是給她全世界的安全感也填不滿她那躁動的不安，像是一張沒有底的大嘴，就是一罐又一罐的安眠藥，也得不到一夜好眠。

但她這樣的一個女人，又能渴求什麼呢？

賓館昏黃的燈光被楊國欽偉岸的肩膀遮去了大半，她突然意識到了自己的渺小，她成了她眼中最瞧不起的那種女人，那種，沒有男人依附，就會如沒有水的魚一般，她突然想起了自己的母親，不知不覺間，她和母親成了疊影，在高頻而歡愉的尖叫過後，她筋疲力竭地攤在床上，可她的思緒多麼勤勞，就是筋疲力盡，也不曾放過她。

不知道是不是楊國欽的身軀在一瞬間抽離，原本昏黃的燈光，陡然顯得格外扎眼，麗雅摀住了眼睛，任胸脯劇烈起伏，汲取那稀薄的氧氣。那種瀕臨於窒息的快樂，她還應該奢求什麼？此刻，她是幸福的，她應當是幸福的吧？比起盧男，和她臨走前給與他的碎零錢，她應該感到無比的知足。

雖然自頭至尾，她一點都沒能了解盧男，就像她往後也會越發不瞭解冠軍一樣，冠軍在李文昭他們的撫養下，他就不能再賴床、不能再撒嬌、不能再要求十分鐘的睡前床邊故事。可他不會再遇到霸凌、遇到那種超乎他年紀該負荷的冷眼相待，也不會再為了捍衛他的母親，用小小的拳頭，對抗整個世界。

她是個失格的母親。

有時候她腦裡會閃過一種卑劣的想法，她突然好想見見盧男，她沒有把握能幫助這個在人生中迷航的孩子。但她內心總覺得，她如果幫助了他，就像是幫助了冠軍，他們年紀相仿，深更半夜，她能睡得更心安理得一些。

「不該想這些的。」麗雅不只一次這樣告訴自己。

她盤起了頭髮，將過時的紅花被褥拉上來，想試圖遮掩什麼，但她的胴體，早就赤條條地呈現在那個男人面前。

她聽見他正在淋浴間哼歌，一種獵人捕到獵物的愉快心情，不知道為什麼，她從來沒有過這種感覺，很幽微，說不上來，那是她過去和李文昭相處的經驗裡，從未有過的感覺。她捲著掉下來的髮絲，一圈一圈的繞在食指間，像是黑洞，將她的思緒捲到了十年前。

第十章　信仰

她和李文昭是在冰果店認識的，或許是那個年代，她沒見過多少異性，她一直覺得自己在傳統價值觀裡絕對算不上貞節的女人，一個貞節的女人不會和只見過三次面的男人上床，但她從來不認為自己吃虧，你情我願，誰又吃了什麼虧呢？

李文昭是個大他五歲的男人，他很幸運地唸完了高中，那時候在金融業工作，薪水不高也不低，養兩個人，卻還不算什麼問題，更何況麗雅從來沒有指望他，不要說有了冠軍以前，有了冠軍以後，麗雅也從來不依傍任何人。她父親死後，母親就把家裡的開支和兄長念大學的重擔，全扔在她肩頭，她沒有念完高中，但她從來不認為女人是經濟體系底層的弱者。

她不想像母親那樣，父親走後就一直唉聲嘆氣，在他的遺照前面一直抱怨家裡有多苦多苦，她一個女人要怎麼撐起整個家。難道女人和男人不一樣，不都是兩隻手兩隻腳嗎？她曾問過母親，母親總是說自己沒念過什麼書，一輩子只知道洗衣做飯，怎麼到外面工作？但母親卻又要麗雅休學，去外面工作。麗雅也不想辯駁，因為她不想母親又到父親的遺照面前又哭又鬧，嚷著要和父親一起走。

於是，最終落下了話柄，當她自己開了早餐店，做做小本生意的時候，母親卻又和鄰居說，哥哥是多麼會念書的孩子，麗雅自己不喜歡念書，才休學、沒出息，反正在母親眼裡，女人要有什麼出息？

她懶得和她爭，最起碼，她還是從她肚子裡蹦出來的。

她想起李文昭和她分居的那年，他一個大男人的，扭扭捏捏，比她還不乾脆俐落，最後分居還是她自己提的。但礙於雙方家長，最後還是沒有在離婚協議書簽字。那個時候的她沒有什麼特別的情感，就是他不愛了，而她對他的情感，在有了冠軍以後，也不覺得非要有這個男人不可，雖然她曾經閃過冠軍在單親家庭環境下成長的負面影響，但她總覺得，她能做的遠遠超出自己的想像，更何況冠軍是她兒子，他一定會比她還要強壯。

在黃麗雅眼裡，李文昭一直像是個犯了錯，想要彌補但又不知從何下手的木訥孩子。分居以後，他仍舊每個月給麗雅打錢，但麗雅卻是一分錢沒動過，全轉到了母親的帳戶，她一直不認為自己沒了男人以後要自怨自艾地抱著贍養費過一輩子。甚至在李文昭有了新生活、新對象以後，她把自己的帳戶給關閉，不願意多拿他一毛錢，這讓李文昭以為她在吃醋，還苦惱了好長一段時間。

麗雅從來不是這種小鼻子、小眼睛的女人。

李文昭也曾想留住冠軍，卻從沒有開口和麗雅爭過，畢竟爭什麼呢？更何況，他一直把自己假想為悲劇英雄，認為自己先不愛了，對麗雅的青春和心靈一定造成了巨大的創傷，他想補償，卻又給不了麗雅完整的愛，說什麼他都不忍心在從她身邊奪走冠軍。

可對麗雅而言，女人是痛了十個月才從身體裡掉下的一塊肉，男人只捐獻那一夜的歡愉和勞力，她沒想過那麼多彎彎拐拐，只覺得進了產房，在鬼門關前走了一遭，當孩子呱呱墜地的那一刻，卻是在在戶口名簿上掛上夫家的姓、入夫家的墳，這是多麼剝奪女人貢獻的一套傳統價值觀？

麗雅搖了搖頭，要是這些想法被她母親聽到，又要說她離經叛道。

「在想什麼？」他的手臂一把勾住了麗雅的脖子，水氣從楊國欽的毛細孔裡蒸散出來，她輕撫著他手臂肌肉的紋理，青筋連著手臂上的青龍紋身，一條一條的，就像會從他的皮膚躍出來一樣。

麗雅沒有接話，就是笑，被他的鬍渣搔得很癢，男人的鼻息和體溫是那麼的真實，她像是回到了胚胎時期一樣，那麼的溫暖和富有安全感。但又有那麼的不同，就像楊國欽的鬍渣一樣，搔得她心癢癢。她很久沒有過這種感覺了，就連和李文昭在一起也未曾有過，畢竟他是她第一個男人，又這麼的不識趣。

就像一隻從沒有出過井底的青蛙，總以為外面的世界就是井口直徑大的藍天，麗雅也一樣，她覺得白活了好些年。就算如此，她也沒有後悔有了冠軍，不，她不能再想冠軍了，她是個失敗的母親，竟然要靠著疏遠冠軍，才能給冠軍不添上一丁點麻煩，什麼時候開始，她成了冠軍的麻煩呢？她不敢想，也不願意去想；是不是就像她小學四年級的時候，母親給她送便當一樣呢？四年級，可是小大人了，送便當這種事情，就像是告訴人家你現在還沒斷奶，需要包尿布一樣羞恥。

當然，這全是麗雅的自尊心作祟，不過她也不用擔心，因為父親走後，母親才沒有多餘的心力放在她身上，坦白說，那天如果不是麗雅的哥哥也忘了帶便當，或許麗雅才沒有這麼好的福氣呢！

「在想……」

楊國欽沒有給她答話的機會，將嘴唇先湊了上去，這不是她人生的第一個吻，但和他在一起，每一個吻，都是初吻。

「讓我猜猜，在想，為什麼沒有早點遇見我嗎？」楊國欽痞得讓她發笑，男人不壞，女人不愛，對吧？

她其實現在腦袋像漿糊一樣，五味雜陳的全都拌在一起，麗雅沒有辦法思考，她難得可以不用去思考，為什麼成熟的男人女人都喜歡做愛呢？大概是因為，那個時候，什麼都不必想，跟著荷爾蒙的感覺走，回到最原始的野獸本能吧！

「什麼時候會見報呢？」她一面說，一面要走進浴室。

楊國欽一把把她拉進懷裡，像一條溫言軟語的蛇說：「親愛的，我比你更著急。」

麗雅靜靜地看著他，他蹙著眉頭，像是和她一同經歷了一樣的苦楚，他望著她的眼睛，看透了她靈魂深處地說：「但是，這事情需要時機，我們要在最合適的時機引爆這件事。」

合適？什麼時機才合適呢？新聞現在不是分分秒秒搶快的嗎？等待，就像是放涼了的雞湯，大把大把的油會浮在表面上，黏膩又噁心，不是嗎？麗雅本想問。但她不是新聞人，沒有人比楊國欽更了解什麼時候才合適的適合。

楊國欽吻著她的頸子，糾結的眉宇化了開來，一脈深情地說：「親愛的，就像我和妳相遇的時機一樣。」緋紅襲上了麗雅的面龐，她明明知道他說的是混帳話，但卻又像黃湯一杯一杯的喝下肚，沒辦法，誰叫他是楊國欽呢？

「明天一起去教會嗎？」楊國欽說。

他是多麼熱愛教會的人哪！楊國欽說過，自己成為新聞人之後，每天又是火災、又是情殺，但他是個專業的新聞人，他必須讓大眾有「知」的權力，有多少的悲劇，都是因為資訊不透明所釀成的？在成為新聞人後，他的每一個字、每一句話，都成為了自己、代表了報社。為此，他必須強迫自己成為一個全然中立的人，不帶有任何情緒和悲憫，最忠實地為觀眾呈現每一個報導，因此他需要訪問，很多時候，機會稍縱即逝，他沒有辦法等受害者調整好自己的狀態，走出狹暗而冗長的悲傷隧道。

也正因為這些壓迫，剛開始，他過得很不快樂，他找不到一個平衡的報導點，也找不到一個代謝負能量的方式，每一篇報導、每一次採訪，對他的生命來說都是一種消耗，就像是不斷燃燒的蠟燭，總有一天會成為輕煙一縷。

可就在那個時候，楊國欽遇到了教會。他不相信神，也就不相信神蹟，更不會去相信不知所謂的讚頌以及歌詠，但說也奇怪，他告訴麗雅，他在那裏找到了平靜。起先麗雅還會揶揄他，連她這個傳統背景養大的孩子，都不相信這些，更何況楊國欽念了這麼多書，對麗雅而言，教會裡值得讚賞的就只有糖果餅乾，還有聖誕大餐，除此之外，不予置評。

但當她真的和楊國欽去了之後，她看見他的神情，斂起了平時的油腔滑調，他的神態肅穆莊重，禱告的時候，他閉起了眼睛，雙手合十祝禱，虔誠的判若兩人；有一次，甚至眼角還泛起了淚光。漸漸地，麗雅被他的舉動感染，她開始試著和或許根本不存在的東西禱告，在心底默默訴說這些日子來遭遇的不公，到後來，甚至很雞毛蒜皮的小事也會融入她的祝禱中。

她開始想要相信有這麼樣的一個主宰者，死後的世界會有輪迴，功德圓滿後，會有一片淨土，那裏沒有痛、也沒有哀傷、沒有眼淚、沒有癡妄……

「黃小姐，黃小姐！」

麗雅被拉喚了回來，她太沉浸在教堂的樂音裡；她說了聲抱歉，大家只是會心一笑，這裡沒有人會認真的責怪她的小失誤，她轉頭看了楊國欽，楊國欽也正在看著他，報以淺淺的微笑。

主持的牧師對她點了點頭，示意輪到她分享她的故事，麗雅的聲音其實有些顫抖，儘管這已經不是第一次參與這種分享會，牧師也不只一次告訴她，沒有人一生不曾犯過錯誤，而這些所謂的錯誤，很多時候，只是不符合人間的法律和禮教，並不意味著她是罪惡，也不意味著和全世界背離。

這些道理她都知道，這已經不是第一次她參加這種分享會，她聽過了許多人的故事，像坐在她左手邊的李醫師，就曾在分享會上坦誠已經對妻子沒有感情了，並且現在擁有一個地下情人，他希望上帝能原諒他對愛情的不忠貞，但同時卻也希望能指引他導向一個正確的結果。他說的過程中，頭一直是低著的，一個四十多歲的住院醫師，現在卻像是一個犯了錯的孩子一樣，他許久不敢抬起頭來，他正揭露自己最深層的一道防線，那是身為一個一路以來品學兼優，被社會道德觀桎梏牢籠下，最後一層的遮羞布，這個社會的眼光對他太過嚴苛，他們不被允許犯錯，一次，就足以萬劫不復。

但當他抬起頭來，所有人只給予了掌聲，牧師給予了擁抱，他第一次放聲大哭，雖然麗雅並不全然明白他為什麼而哭，但卻像是看電影主角，千鈞一髮躲過壞人追捕而舒了一口氣。

在她對面的那個女人，沒有透漏自己的姓名和職業，她一直很少說話，直到上周，才坦白了自己的感情，她和自己的繼子發生關係，她的語氣很平淡，當她說話的時候，掃視著每一個人的眼珠，所有人都低下頭來，彷彿犯下這種不倫關係的並不是她，而是在場的每一個人。只有牧師望著她，他並沒有給他任何的評論和言語上的凌遲，他只是拍了拍她的肩膀，說了一句：「妳很勇敢。」

女人說完話之後，氣氛凍結了好一陣子，大家的內心都翻起了滔天巨浪，儘管大家轉移了話題，但那畫面和場景，就像在內心無限播放的循環電影；想到這裡，麗雅原本正要開口敘述自己的故事，話到嘴邊，卻又硬生生地吞了回去。反倒是楊國欽先開了口，說了一段小時候的故事。

他說自己有一個大他八歲的表哥，小時候，總會溺著他一起玩。那是發生在一次過年，全家都回到了南投老家，老家是一個三層樓的透天厝，大人們總喜歡擠在一樓看著過年節目，他們幾個小孩則會跑到二樓的房間，而三樓的儲藏室，他們卻鮮少上去。

那年表哥高三，他提議在飯前一起來玩捉迷藏。幾個小朋友很快被找到了，楊國欽因為好勝心作祟，違反了規定，硬是跑到了三樓想躲起來。三樓的燈光很暗，舊傢具很多灰塵，在上樓前其實他心裡也是毛毛的，因為表哥曾經告訴過他們上面有鬼，但世上哪有什麼鬼呢？他已經小學四年級了，他不斷地在心中告訴自己。

他繞過了三樓的客廳，來到了最裡邊的小房間外，小房間外擋著一個大書櫃，書櫃上面還結了一些蜘蛛網，他越走越害怕，到後來，他其實已經不在乎輸贏了，他只想趕快回到二樓，但就在這個時候，他聽到了奇怪的聲音。

好奇心驅使下，他側身擠進了書櫃的縫隙，他看見了表哥，而表哥的身子下正壓著和自己同齡的表妹。他轉身逃走了，那之後，表哥看他的眼神變得很奇怪，就像是在看一顆不定時炸彈，雖然楊國欽從未想過自己會引爆，因為他害怕自己和表哥的關係會因此而變質。那時候，他還不知道強姦未成年少女會有多嚴重的罰則，他只知道表妹哭了一個晚上，大人怎麼問，都問不出個所以然來。

後來表哥還是因此而和他疏離了。上國中以後，他還是從親戚口中得知，表哥坐牢了，而對象是某所國小的女生。

麗雅終究沒有在分享會上敘說自己的故事，全世界也沒有人逼她，報社的那些人也已經不在乎她的言論和故事，儒善國小的教師霸凌案已經落幕，蔡老師也獲得了應有的懲處。在返程的路上，她望著楊國欽，她覺得自己應該要更勇敢一些，而她的勇敢並不出於報復，但她想讓整個社會知道，她並沒有做錯任何的事情，她只想得到大眾給予她的一句道歉，她希望不帶著任何一絲屈辱，回去把冠軍接回來，她不想再讓別人說冠軍是騙子，也不想因為自己讓冠軍被同儕霸凌，不過冠軍會喜歡國欽嗎？冠軍能適應新的生活嗎？

電台突然開始播報晚間新聞，宋言清走訪偏鄉，給小朋友們送上舊衣服和玩具。

她覺得這個名字很耳熟，但就是想不起來在那裡聽過。楊國欽告訴她，那是李心惠的男朋友，也就是前陣子鬧得沸沸揚揚的直播主殺人案的關係人，李心惠的好友楊思敏，法律上雖未被判刑，但對於這個世界，她已經被判了無期徒刑。

「他一定很傷心。」麗雅說。

楊國欽還沒回過神來，問她是在說誰。

「宋言清啊！李心惠的男朋友。」

楊國欽點起了一支菸，笑了笑，他笑得很輕蔑，這讓麗雅覺得很不舒服。有時候，她覺得楊國欽這些新聞人，認為自己比所有人都還要聰明。

「李心惠剛死的時候，宋言清傷不傷心我是不知道，但現在他一定比任何人都還要開心，妳仔細想想，他本來只是一個默默無名的網拍模特，現在直接變成家喻戶曉的國民男友，還什麼寒冬送暖？這麼有愛心，以前怎麼不做？」

「說不定是以前有做，只是新聞沒有報導呢？」

楊國欽搖了搖頭，他笑得很自信，他說這種人他跑新聞的時候看得多了，他開始發表起了他的高論，他說：「新聞嘛！就像是一個篩子，他把事情的全貌篩過了一遍，留下民眾想要看的部分，可那並不是事件的全貌，妳的事情不就是一個很好的例子嗎？」

黃麗雅沒有搭話，若有所思地咀嚼著這句話。

下一條新聞說的是楊思敏的男友，或者，應該稱是前男友，游俊瑋，他本是一名默默無名的攝影師。他喜歡拍照，搞了個工作室，拍些衣服、飾品，也拍模特寫真，但他聲名大噪並不是因為他的作品有了突破性的進展，而是因為他犯下殺害李心惠一案。

新聞說，他明日清晨，將會處以槍決。

她看見楊國欽的嘴在動，好像在發表一些關於案情的論述，但她一個字也沒有聽進去，她的腦子像是被狠狠地敲了一下，她聽見一個巨大無比且無休止餘韻的嗡嗡聲響，她忽然產生了一種錯覺，覺得自己是除了楊思敏以外，世界上最了解楊思敏和案情的人。

她不認識楊思敏，最初聽見是透過許太太口中，起初，她也沒有辦法諒解這個二十多歲，卻犯下殺害好友的年輕女子。但楊思敏本來對於她來說，就是人生的浮光掠影，就是火車窗外的一幅短暫風景。

她出現在報紙的一隅，然而世界上有千千萬萬的人在每時每刻都在和生命拔河，太陽升起的那一刻，還吊著一口氣，就多賺了一天，而沒吊住那一口氣，不過就成了大數據人口死亡率上的一筆。麗雅是個平凡的女人，一個單身還帶著冠軍卻不得不和現實生活拚搏的那種人，她的時間沒有辦法靜止，她不是學者更不是社會觀察家，她沒有多餘的時間來對於每天都會發生的事情做點評，這不是她的工作，也不該是她的工作。

可是也就是在幾個月前，她感受到自己一瞬間站在了和她一同的位置，她被世界強行區分了隊伍，一面是全世界，一面是被全世界拋棄的那些少數人。她突然被剔除了日常的軌跡，那些她平常覺得繁忙的生活，在那一霎那全靜止了。

她突然生活中多出了很多、很多、很多，多到不可思議的時間，而時間，像是一灘死水，從她被世界宣判放逐的那一刻，秒針和時針再沒有前行。她開始恐慌、開始焦慮，開始釋放一切自己的情緒，可是她不能明目張膽，只能把冠軍偷偷送走，讓一個十歲的小孩自己搭著客運，去找已經離異的父親。

送走冠軍之後，一間沒有點燈的房子裡，她突然渴求同伴，渴求在黑暗裡陪她度過漫漫長夜的那麼一個人，她突然想起了楊思敏，她開始關注這麼樣的一個案件。

李心惠的死亡已經是不可逆的事實，她漂亮的臉蛋被刮花得面目全非，而楊思敏的手機撥出了最後一通電話。她想起網路上曾經風行過的一種遊戲，叫做海龜湯，所有人憑著是與不是，來窺探事件的全貌，可當事件全貌攤露在陽光之下後，大家只當作結束了一場遊戲，而代價，是楊思敏往後的餘生。

這時候下一條新聞冒了出來，說是一名李姓的醫師，被爆出了外遇的醜聞，那時候她還沒有會意過來，直到下一次的分享會，她沒有見著李醫師。

第十一章　國民男友

楊思敏的新聞是一窪藏金的池子，任何人只要挖取一瓢，就會是發燒頭版，這一切都是來源於李心惠的死。李心惠的死就像是疾病一樣的蔓延了整個社會，心理學家和政治名嘴當然不會放過這麼好的素材，如果李心惠可以開口，連民俗學家都會來參上一腳。

不過，李心惠不開口，總得有人要開口，攝影機和鎂光燈就像是俄羅斯輪盤一樣，轉向了楊思敏，而參與的玩家可不只楊思敏，還有李心惠的男友，宋言清。

宋言清是小牌的網路服飾模特兒，因為長相平平，又沒有經紀公司幫忙運作，人氣僅僅不到李心惠的十分之一。可事發之後，人氣卻是水漲船高，各家經紀公司看準了這塊大餅，搶著和他合作，現在各家大廠牌服飾店的門口，都能看見宋言清的海報，甚至賺了一個國民男友的稱號。

身為一個國民男友，對於李心惠死亡之後，他必須要十分悲慟。

這並不代表他不愛李心惠，他愛過她，她走了之後，他也會懷念他們同居小套房的餘溫，可那並不表示，他必須要展現他的眼淚和脆弱在不相干的人面前。但他的經紀公司卻不是這麼說的，宋言清一直想當個演員，那現在正是他練習演出的最佳時機，於是，宋言清出席了她的法會，安慰了她的家屬，隔三差五的帶著金紙素果，出現在存放她骨灰的納骨塔前。

他手裡捻著香，跪下來拜了三拜，鏡頭裡他閉起了雙眼，模樣虔誠，裊裊的輕煙將滿腔的思念飄向了遠方，宋言清當下在想什麼，除了他自己，這輩子或許沒有人知道。

回到那個十坪小套房，他褪去了外衣，倒在了床上。十坪的空間不大，尤其是兩個人住的時候，現在儘管只有一個人，也不算寬敞，但總有種空蕩蕩的錯覺。他翻了一個身，押著了新簽的房租契約，那是一個在市中心的套房，二十坪大的樓中樓，比這個他一伸手就能碰到天花板的蝸居要大得多，尤其他又是個一米八五的模特，這種狹小的空間，常常若有似無地帶給他壓迫。

反正，他就要搬到新家了，那是離經紀公司走路只要十分鐘的精華地段，想想剛搬來這邊的時候，一個月一萬的房租常常繳不出來，還是李心惠貼的錢。對於一個要邁入三十歲的男人來說，他覺得十分羞恥，更不要說寄什麼孝親費回老家，反正他的老家也不支持他幹模特這個行業。

宋言清打小念的是文組，並不是因為他對文科有什麼獨特的喜好，更不是因為他有什麼過人的天賦，就只是因為父母沒給他報名藝能學校。

他高中的時候，趁著畢業旅行，做了一回台北夢。

對於一個土生土長的嘉義孩子來說，台北的車是炫的，樓是高的，人生是精彩的，連汽油味都是香的；台北市是躍上世界的大舞台，他怎麼能不喜歡這樣的一個地方？但他終究抱持著鄉下人的膽怯，父母是種鳳梨田的，他雖然染了一頭金髮佯裝叛逆，但對於往後二、三十年泡在鳳梨田的宿命卻無可避免。

直到，他在西門町遇到了一個自稱星探的中年大叔。

大叔穿得很邋遢，臉上全是鬍渣，還留著散亂的油頭，他的皮夾克還散發著淡淡的臭油味，在宋言清的想像中，就真的和那些忙得沒有時間打理自己的經紀人一樣，因為他更不願意相信，那人只是幾個月後，出現在報紙統計數據，寒冬中病死的街友數據中的一分子而已，最諷刺的是，他還有精神病。

大叔說他很高，像一塊未經雕琢的璞玉，十八歲，正是人生的重要轉捩點。雖然當下他被朋友給拉了離開，朋友們都覺得那個大叔是個怪人，那一個月後，朋友還常常拿他要做大明星的事情來取笑他，宋言清卻只是笑笑帶過，他們哪裡知道，他在腦中閃過了千百次那種「要是他那時候跟他走，是不是一切就不一樣了？」的想法。

從台北回來之後，他變得反常，有時候沉靜，有時候卻又暴躁得不可理喻，他常常看著教室的掛鐘，然後扼腕著時間的流逝。他不再和朋友去打球，也無心準備大學考試，時常望著窗外那些對於未來茫然的同儕們，輕輕搖頭嘆息。他覺得自己是多麼與眾不同，和同年齡的孩子們相比，他已經在腦中排演過無數回，無數回自己前往台北這個陌生的大城市，以及在大城市後躍上各大媒體和評論的那一天。

可當他放了學，經過自家鳳梨田，推開斑剝的紅漆大門的時候，他又覺得台北的一切，是被這扇生鏽的大門給阻隔在外，而台北的一切和他午睡的春夢一樣，都只是青春期的短暫躁動而已。午夜夢迴，想到這裡他總是嚇得一身冷汗驚醒。

就在某一天夜晚，他猛然坐了起來，他決定不再逃避，逃避那些唾手可得，本應該屬於他的未來，而他所欠缺的不過就是那一張通往成功的車票，只要一到台北，他就能發光發熱！於是，他捺住了性子，一路隱忍到高考之後，拿了本應該用來繳三流大學的學費以及自己攢下來的零用錢，就出發上了台北。

一眨眼，就是十個寒暑，可遺憾的他並沒有找到在西門町的那個星探，也沒有如願以償地發光發熱，但至少他遇見了李心惠。

他和她是在朋友的聚會上認識的，李心惠是個甜甜的女孩，她精緻的五官和水汪汪的大眼，就足夠讓她在這個社會上獲得別人夢寐以求的一切。但她可不是生來就這樣好看，他也不是沒有見過她原本的樣貌。

當然，那都是發生在交往之後。

在交往以前，宋言清還是十分自負的。他認為他長得高、會打球、人緣好，更難能可貴的是他還有那麼一點點時尚的敏感度和品味，他還沒上台北以前，小村裡沒有一個人不誇他、沒有一個人不認識他，他記得一個從外縣市調來的高中老師曾經誇過他，說如果不是小鎮限制了他，整個世界都該是他的舞台；他聽進去了，他聽得札札實實，他是一塊未經雕琢的寶石，等待慧眼獨具的匠人磨去了雜質、露出剔透的稜角。

他在聚會的時候，看上了這個幸運的女孩，整場聚會裡，他沒說過一句話，他以為自己正在散發誘人的雄性魅力，李心惠偶然的對視，他對自己的信念更加堅定，他要和這個女孩告白，而今天聚會結束，她將會成為他的女朋友。可受歡迎的女孩就是這樣，李心惠在聚會結束之後，被各個男人像蒼蠅般的騷擾，他只是靜靜地坐在一旁，盡可能地想要強裝不在意，但右腳卻不受控地顫抖，不知道是因為期待而興奮，還是因為緊張而害怕，但那都不重要，李心惠最終撥開了人群，和他走了出去。

兩人穿過了一條防火巷，卻沒有一個人先開口，除了一開始的對視之後，就再沒有其他的交談，走了一小段之後，女孩就要和他分手回家，他只是愣在了原地幾秒，就這麼完了嗎？他想。

於是他追了上去，最後要了她的電話，才走在了一起。他曾經問她，對他的第一印象是什麼？李心惠說，覺得他是一個怪人，整場朋友的生日聚會都在搞自閉，想搭訕，卻又不敢向其他男人一樣直白的開口，但卻也是因為這樣，她才發現了他的與眾不同。

他們也曾經有那麼些甜甜的時光，就像是水果糖一樣，都化成了糖漿，香味卻還殘留在每一處牙縫。可七年的時光，很快就這麼飄過，本來，他可以很泰然的面對自己的不成功，他甚至想過該回去鬆鬆鳳梨田的土，在朱紅掉漆的大門裡度過一輩子。可偏偏，李心惠是那麼的光彩奪目，住的、吃的、用的、穿的，沒有一樣不是打李心惠那裡來，他就不明白，她到底比他出色多少？她和他在一起，不就是因為他們足夠匹配嗎？

有一次，他完成了拍攝，但那也是他最後一季和該服裝品牌合作，他很鬱悶，因為品牌換了另一個模特。他們的公關說，剛好他們這一季的服裝理念和另一個模特的外型較為匹配，因此只好忍痛換下了他。匹配？什麼叫做匹配？他宋言清和這個小品牌合作，還委屈了他！可這個月的房租還是要繳，還有水電、電話、卡單、瓦斯零零總總的帳單壓得他喘不過氣，他不想麻煩李心惠，但這卻是他這個月最後的一份工作。

當晚，他沒有直接回家，約了朋友喝酒，朋友喝多了，才告訴他事實的真相，他長得太平凡了，連這個工作，都是李心惠幫他求來的。他氣得拿酒瓶砸了朋友的腦袋，然後氣沖沖地回到了住處，他傷心、他生氣、他鬱悶，他知道這些再多、再多的形容詞，都不足以形容他此刻的情緒。

他衝回了家裡，摔了一切他能摔的，砸了一切他捨不得砸的，可這個時候，掉出了一張陌生女人的照片，女人長得小眼睛、塌鼻子，還有滿滿的小雀斑，照片上的衣服花紋十分熟悉，是李心惠最愛的那件毛衣。

他的直覺告訴他，那個女人，就是李心惠。

後來，李心惠回了家，她沒有否認，她本來氣得發抖，但聽了男人委屈的咆哮，只是抱著他，最後，兩人痛哭了一場。

男人是不擅言詞表達的動物，所有的男人總是一輩子懷才不遇，不知道是因為沒有賞識的伯樂，還是這世上根本就不存在千里馬。於宋言清而言，他隨時都準備好躍上世界的大舞台發光發熱，西門町的那個人，給了他希望，就像是穿紅衣服的那個人，在下雪的夜晚鑽入煙囪，給每一個入睡乖小孩的襪子裡，放下聖誕禮物，儘管，人們管他叫做童話。

而童話，是孩子們的信仰，而男人，是長不大的孩子。他還記得六歲那年聽過聖誕老人的故事，在聖誕節那天，迫不急待地倒出破襪子裡的口香糖。八歲那年，他和同班的同學打了一架，只因為同學說：「聖誕老人都是騙人的。」

他說得斬釘截鐵，並嘲笑宋言清的幼稚和天真，八歲大的孩子，為什麼不能天真？為什麼不能有信仰？十塊錢的口香糖，在聖誕節出現在他的破襪子，這不就是他信仰的源泉嗎？宋言清不笨，他其實也看到了，看到在平安夜的那個晚上，他的爸爸摸黑進到了他的房間，躡手躡腳地站在他的床前，然後又小心翼翼地離去。

他只是想要相信一份天真爛漫，怎麼就那麼困難？

他不記得他到底和李心惠說了些什麼，他覺得那樣的自己是多麼的無恥、多麼的不堪，他把自己的懷才不遇，全加諸、報復在了李心惠身上，就像抽不乾的老痰鬱結在胸口，他無法遏制自己的滿腔怒火，他是這麼的想要相信自己，想要憑藉自己的力量俯瞰全世界，而李心惠呢？那樣一個平凡無奇的女人，動了刀、換了容貌，然後迎接被世界擁抱，在他看來李心惠就是這樣的一個幸運兒，他無暇去照顧李心惠的心情，更無暇去理會李心惠這一路走過曾經平淡無奇的艱辛。

如果痛苦有分級數，所有人都會假定自己的痛苦是他人無可比擬，他們嘴上說著能和他人感同身受，但下一句卻又不吐不快地，把自己的際遇說與他人。宋言清和大多數的男人一樣，都是在傳統男主外、女主內的教育思維下的產物，他不能接受李心惠擁有比他還要高的收入，但卻又不得不和她同住在一片屋簷下，為此，他們冷戰、爭吵、爭吵、又冷戰，可同時他們卻又愛得無法放手。

李心惠的死，讓他拿到了世界舞台的門票，他獲得了從未有過的青睞和知名度，這些一切的一切，都是那麼的得來不易，有多少和他一樣離鄉背井的男人女人，在這樣的都市叢林裡埋葬了自己的青春，最後，找了一個說不上好，卻又談不上壞的另一半，將就相守了一輩子。有多少男人女人，最後回到了自己的故鄉鬱鬱而終？又有多少男人女人，發著雄心壯志，沒有一番功成名就，說什麼也不肯回鄉，最後牙一咬，硬著骨頭含恨地闔上了雙眼？

宋言清學生時代的朋友，每年都給他發短訊，說是要辦同學會，往年，他總說忙，至於忙什麼，他自己也說不上，沒有工作，他還能忙什麼？可今年，他說得理直氣壯，他忙，他享受這得來不易的忙碌。

有時候忙碌是種幸福，而幸福有時候就是一種忙碌；可不管是宋言清還是麗雅，這種幸福，都沒有持續太久，偌大的時間迴廊，只剩下牆上滴答鐘響的日子，隨著楊國欽撥不通的電話語音答覆來到。

麗雅不是個多疑的女人，多疑的女人是因為對自己不夠自信，認為僅能靠著和世界搖尾乞憐，獲得那少得如施捨般可憐的尊重。她一個人在出租的小套房裡，想起了溫太太、梁太太、張太太還有許太太，許太太和梁太太自事件爆發之後，就當她是得了瘟疫倒數計時的病軀，而溫太太呢？她是多麼的百般為難，學校的風評和她孩子的教育又是多麼的刻不容緩，她可不希望苦心孤詣栽培的孩子，在這樣風氣的學校成長，興許，還會讓他錯失了私立貴族中學的錄取機會；為此，和她還有冠軍這樣的孩子保持適當的距離，是最合適不過的吧？

她想了良久良久，想抓起電話給張太太，那個義氣的張太太，那個路見不平的張太太，那個會站在公理和正義那一邊的張太太。她會摟著她的肩膀，大罵那些無良的記者、那些不分青紅皂白白眼她的警察、那些粉飾太平的校方、那些連她一面都沒見過，就急著斷章取義獵巫的每一個人。

她會告訴她沒事，她會告訴她一切都會過去；麗雅抓著公共電話，雙手被眼淚沾濕而顫抖，可她真的會如她所想的那樣嗎？或許，在她還沒有和楊國欽好上以前，或許，在她還沒有把冠軍送到李文昭和他那個有分無名的老婆身邊；她有什麼立場要求她的同情？又有什麼立場要求她給她一個安慰的擁抱？她又要她安慰什麼？安慰楊國欽和她那短暫而未能終老的戀情嗎？

想到這裡，她掛上了公共電話，頹然地癱坐在一坪大的空間裡，雨點暈開了電話亭外的世界，街上行人的交談聲和喧囂的車水馬龍，好像都已經和她沒有任何的瓜葛。

渾渾噩噩，又過了一個多月，提款卡已經再也榨不出一分錢，她翻出了長夾，還能聽見零錢滾動碰撞的聲響，是那麼的清脆響亮。麗雅將銅板掏了出來，握在了手裡，她突然想起了那件圓點長洋裝，雖然它已經是同鄉野軼事般的存在。

但麗雅不死心，著魔地在衣櫃裡胡亂翻找，良久、良久，撈出了一件紫色的洋裝，還能清楚地聞到一股濃濃地霉味，但這一切都已經不是那麼重要了，想到這裡，她屏住了一口氣，踩著蹩腳的高跟鞋，走出了破爛的旅社，她沒有回頭，再也不會。

第十二章　獨家新聞

遠遠地，她就看見了那個梳油頭的男人。

男人深藍色的西裝像是古代武士冷冽的鎧甲，在陽光下熠熠扎眼，又像是一潭靜謐的湖水，悠悠盪人，卻深不見底。那條紅色的領帶如同一條貪婪多情的舌根，纏繞、品閱著無數女人的唇蜜，楊國欽，他在人群中是多麼耀眼的男人哪！

她本來撐起來的洋傘和武裝的墨鏡，一一在正午的大太陽下褪去，她甚至有一股衝動，想將自己剝了個精光，赤條條地暴露在數百萬隻陌生的眼睛底下！但為了母親和冠軍，她不能，她不能讓冠軍的同學們再帶著戲謔的眼光和言語，任憑冠軍捏著小小的拳頭，捍衛著他的母親。

可是她不甘心。

她不甘心被他們遺忘，被楊國欽那個當初腆著臉，央求她幾近下跪，用盡千方百計讓她褪去了衣裳，竊取了她的獨家，最後轉身離去的男人。她不甘心，不甘心那些無端讓她捲進漩渦無法自拔的媒體和輿論，那些一字一句，將她生活撕得支離破碎的輿論和正義，現在卻又忘得一乾二淨。

楊國欽多了兩個助理給他打傘和補妝，一會兒當飯店的大門打開，他們就會像逐糞的蒼蠅一樣全撲了上去。她就這樣靜靜地看著他，他一定也看見了她，儘管她隔著口罩，只露出兩隻眼睛。

但他沒有追上來，甚至沒有一句招呼，因為她已經不能給他，他要的獨家。

她想起了小時候參加教會的時候，那些大哥哥大姊姊總會拉著她的手唱〈奇異恩典〉，唱完之後，她會得到一些糖果餅乾。有一次，一位伯母哭得很傷心，因為她的先生，最終選擇了另一位小她八歲的女人。

她扯著哭啞的喉嚨問神父說：「我這麼相信上帝，為什麼祂要這麼對我？」

神父沒有回答她，他仍舊領著她在耶穌像前禱告，禱告結束之後他給大家講了一個故事。他說，一個有錢的老醫生有一次到山裡健行，老醫生遇見了一個小男孩，小男孩瘦巴巴的，一張口，就是跟他討錢。

老醫生並沒有將口袋的銅板給他，反而問他：「為什麼你需要錢呢？」

小男孩告訴他，他是個孤兒，他的父母將他帶到山上遺棄了他，他現在住在前面那個小村，小村裡有很多和他一樣被遺棄的孩子，他需要錢，到山下的小鎮換取食物。老醫生搖了搖頭，對他的遭遇很是同情，他告訴小男孩說：「跟我走吧！」

老醫生沒有兒子，也沒有結婚，他一直很想要一個孩子。他一路上走著，一路上就在想，要給這個孩子住在幾樓的房間，要讓他穿什麼樣的名牌衣服，以及要讓他念什麼樣的貴族學校，但他想著想著就出神了，等回過頭來，男孩並沒有跟上他的腳步。

「小男孩就這樣失去他改變一生的機會，因為他的信念不夠堅貞，就像上帝在我們的人生道路上會設下磨難，也許蜿蜒崎嶇，但只要我們篤信，而不因為質疑或蠱惑放棄了信仰，最終會嘗到甜美的果實。」神父說。

黃麗雅笑了，笑得很好看，她沒有再為楊國欽停下腳步，她抬起了胸膛走進飯店，她摘下了一切偽裝，不施脂粉地在飯店裡的餐廳用餐，她早已經習慣了窸窸窣窣的耳語伴她那殘破的人生。她望著玻璃窗下，七十樓下的行人和車潮，就像是奔波的螞蟻和冠軍手裡的玩具車模型，一切就像是過家家一樣，雲煙一場。

她突然覺得這棟大樓像是一顆森天巨樹，那些喝下午茶道是非的貴婦、和眼神時不時飄忽、聚焦在她身上的服務員，就像是枝幹上的松鼠和麻雀，巨樹的骨幹底下，抓著土壤的根部正隨著牆上分秒滑過的咕咕鐘，悄悄地腐爛。

時不時地，麗雅還能聽見她們說：「待會一樓可要熱鬧了，吵了這麼久的案子，終於有新進展了！」

熱鬧？這個世界最不缺乏的就是熱鬧、和那些湊熱鬧的人。他們像是一隻隻吐著星沫的魚，用流言潤濕著被現實壓榨到乾枯的軀體。

麗雅走到櫃檯，對襯著粉色絲巾的女服務員說：「一杯咖啡。」

服務員先是抬了一眼，眉尾輕微的抽動了零點三釐米，收起原本預備好的可掬笑容，低頭清洗著手中的咖啡杯，一面說：「喝什麼？」

麗雅知道，她的綠色絲巾和暗紫色洋裝一點都不搭調；她知道，她的金漆鑲水鑽高跟鞋對飯店大理岩的紋理，是多麼不襯頭。她知道，她都知道，她知道一個破產失婚的女人，和飄著咖啡香與抹茶千層蛋糕的貴婦下午茶是多麼的格格不入，從門口保安、清潔人員到餐飲服務員的每一個眼神和細紋，她都再熟悉不過。

就像……就像，就像一坨糞便，橫空出世在國宴會場，或者星光大道？麗雅沒有唸完高中，或許，這是她能想到最貼切的形容方式。

但這幾個月以來，她甚至覺得當一坨排泄物，都活得比現在輕鬆，至少沒有媒體，和那些站在正義峰頂的鬥士，對你進行一次又一次的道德凌遲。

黃麗雅死了，早在半年前，她接受《國興報》訪問的時候，她就該老老實實地死去。

不過那都不重要了。

她不會再聽到冠軍的同學罵她是壞女人，不會再接到要她死全家的騷擾電話。她不用再看見因為冠軍為了她，被同學打得鼻青臉腫，還騙她是自己跌倒。也不用再看見老師在聯絡簿上，不負責任地說冠軍和同學相處有問題，更不用看見那些恐嚇信，那些在她店門口的塗鴉，和溫太太她們那種避之惟恐不及的眼神。

不用，什麼都不用了。

「咖啡，謝謝。」麗雅說。

女服務員洗好了杯子，把抹布甩在流理台，污水像唾沫一樣飛濺到麗雅的臉上，她沒有擦掉，她一輩子都擦不掉了。

女服務員雙手叉腰，不耐煩地說：「咖啡？哪種咖啡？麝香貓咖啡？美式咖啡？康寶藍？義式濃縮咖啡？」

麗雅有點慌了，她不知道自己做錯了什麼，她一直都不知道。她胡亂地指了菜單上的一個，女服務員轉身過去，用機器磨了豆子，一手按著機器，沒好氣地說：「冰的？熱的？」

「熱的。」

女服務員拿了個紙杯，沒有方糖，沒有攪拌棒，沒有浮誇的拉花和高檔的咖啡杯。她單手遞給了麗雅，心有不甘地丟了句：「謝謝惠顧。」

麗雅捧起了熱咖啡，卻覺得手格外的冰涼，她的餘光還能瞥見女服務員從口袋掏出了手機，逕自到櫃檯角落滑了起來，碎嘴地說：「一杯飲料都不會點，是當我很閒嗎？」

麗雅沒有喝完咖啡。

她一路走到了電梯口，那幾個輕啜著下午時光的貴婦，雍容華貴地將頭髮塞到耳後，用彩繪指甲不耐煩地敲著玻璃桌子說：「我們家那個菲傭，竟然連桌子都擦不乾淨，我晚上要在家裡舉辦慈善晚會，不知道我很忙嗎？」

是啊！大家都很忙，忙著花大半人生和心力，在置喙別人的人生。

麗雅進了電梯，按了八十三樓，電梯門不急不徐地將她和外界隔了起來，不鏽鋼板和凹凸的稜稜角角，將她投影成無數個自己，歪歪斜斜、有大有小，有些模糊，有些卻又無比清楚。她很久沒有這麼仔仔細細地端詳自己了。

最起碼，從冠軍出生後就再也沒有。

她盯著裡頭的女人，她看起來很累、很累，她掏出了粉餅盒，想要力挽狂瀾；可臉上的黑眼圈和爬滿的小細紋，已經吃不進化妝品，廉價的蜜粉浮在皮膚表層，正在一塊又一塊的剝落。這是個三十出頭的女人嗎？她撥了撥頭髮，卻撥出了了更多的白髮。麗雅對著鏡子做出各種表情，卻好像越來越難看自己順眼。

電視上那些三十歲的女人，皮膚和身材該是這樣的嗎？她順手捏了捏自己的腰，好像這幾個月以來，眼睛讓身體的水分都快抽乾，她為了冠軍流淚、為了母親流淚、為了楊國欽和那些陌生卻又輕慢的言論流淚。

她從化妝包撈了老半天，撈出了一隻口紅，顏色有點陳舊，她對著鏡子，手微微顫抖，小心翼翼地塗了上去。

電梯門叮的一聲打開了，她邊走邊回頭望著鏡中的女人，眼睛不知怎麼地有點濕潤，她彷彿看見她笑了，笑得很美，像是剛得知懷了冠軍那時候一樣，二十二歲，女人如花的年紀。

走了兩層階梯，推開了逃生門，頂樓的風很涼，不比大樓裡的冷氣吹得她頭疼。她沿著僅到小腿的矮圍欄走著，右手指尖輕觸著圍欄上的灰垢。麗雅還記得這裡是五十年前的地標，樓下到處是賣舶來品的商販，還開了幾家冰果店，後來被奇美建設買了下來，改建成了這間飯店。

也是哥哥結婚的時候，母親拿了她的學費，和親朋好友東湊西借，辦婚宴的地方。

老飯店顫巍巍地矗立在市中心，俯瞰著整個城市。飯店老闆頭腦轉得很快，將廣告投放在網路上，七十樓的貴婦下午茶經營得很成功，一點都看不出來是老飯店改建。

從外頭看來，飯店還是一樣雍容，更添了一份歷經時代的莊嚴，唯獨這頂樓的矮圍欄和電線，隨著風吹日曬盡顯斑駁。

她望向樓下的人群，拿著麥克風的記者訪問拉黃布條的林女士，相機和鎂光燈賣力的工作，一些支持林女士的幕僚和粉絲，拿著林女士的書圍了過來，抄起了大聲公，大喊著：「議員黑幫、公然瀆職！」、「天理昭昭，因果輪迴，不信公理正義喚不回！」

底下正喊得熱鬧，兩個穿黑衣服的保鑣，戒護著羅議員走出了飯店，一出飯店楊國欽就像逐臭的蒼蠅，黏了上去。各大報的媒體當仁不讓，立刻提起了相機，朝羅議員擁了上去，林女士和支持者隔著人群互相叫囂，高級的轎車駛了過來，卻被媒體擋在了外面，飯店出動了保全開路，雙方拉扯互毆亂成了一團。

黃麗雅頓時覺得這群人很可惡也很可笑，她是個無神論者，但如果真有全能的上帝，那創造這些亂倫、情殺、跳海，比光怪陸離更光怪陸離的戲碼，究竟是為了什麼？有多少人，真真正正知道他們是為了什麼而爭吵，又有誰知道，是誰為了一場洗錢的珠寶案，而逼死了林女士的親哥哥？

可是在案情明朗以前，新聞稿卻已經言之鑿鑿，說得煞有其事，這讓她想起了楊思敏，也想起了自己。

她不認識楊思敏，她只聽說過楊思敏。她想起了許太太說過，她住在他們那個小區。許太太說，網路傳言楊思敏學生時代霸凌過同學，後來又說她們網紅私下生活紊亂。警方說，現場採集到楊思敏的指紋，媒體說，她們調閱到死者李心惠生前最後一通通聯紀錄，是從楊思敏的手機撥出的。經紀公司說，楊思敏因個人形象不端，危害公司形象，將與楊思敏解約，並不排除對其個人提告。尋歡直播力捧的新一代甜心主播廖子喬說過，楊思敏是假面閨密，一直以來用廣告代言，或是保養品拉攏直播主，並眼紅好友李心惠搶下法國彩妝品代言，因而引發殺機。

楊思敏的生母透過《水果日報》對外宣稱，楊思敏走紅之後便百般想擺脫她這個生母，生怕大家知道她們家裡貧窮，進而避開自己的親生母親。她孤身一人從雲林北上大都市，千迴百轉才找到自己的女兒，結果女兒竟然拿出一疊鈔票，希望斷絕多年母女情分。

大家聽了這麼多之後，楊思敏說的每一話都成了辯解，都像是精心準備的演講稿，枯燥而乏味。

兩個多月前，警方坦承，當初因為高層為求業績表現，基層員警有破案壓力，才輕忽細節，最後翻案證明，楊思敏並未在李心惠身亡前撥電話邀約，而是男友游俊瑋竊取楊思敏手機，謊稱女友邀約李心惠共同拍攝作品。

當晚新聞發布後，每一則撻伐楊思敏的留言，突然憑空消失，就像不曾到訪這世界一樣。每一個原本把楊思敏說成十惡不赦殺人魔的網友，突然都改口成了聽說，聽說、聽說，到底是聽誰說呢？他們沒有空糾結太多這種陳年往事，於是另闢戰場，「楊思敏滾出直播圈」的版主BITCHYANG748被人扒了出來，他只是楊思敏的一個狂熱粉絲，並患有妄想症，常常覺得楊思敏透過直播的每一句話，都藏有對自己的一些暗示。

因此他偷拍了很多照片，希望她能注意到他，並撰寫了很多他和楊思敏的故事，卻被其他網友奚落、檢舉至關版。漸漸地由愛生恨，他覺得楊思敏背叛了他，她應該只屬於他一個人。

另一個正在遭受攻擊的是廖子喬，那個曾經對於儒善國小霸凌案大放厥詞的女人，黃麗雅不會忘記她，她這輩子沒有辦法原諒她，但麗雅卻也沒有辦法騰出心思去恨她，她要憎恨的事情太多了，如果一條一條去細數，就會像她看到她鏡中的皺紋一樣，一樣惹得她不快。

她知道，廖子喬之後，又會有下一個誰和誰，人們永遠不缺茶餘飯後的八卦，但當八卦聽多了，沒有人想聽真相，因為真相往往太乏味，而八卦就像加了味精一樣，再平淡無奇的飯菜，都會令人食指大動。

她覺得自己很可笑，自己一個無神論者，因為糖果跟著母親去了第一次教會。第二次，是因為楊國欽，是他讓她相信了上帝，卻又是他，讓她不再期待有來生。

而楊國欽答應她的翻案新聞，如今因為羅菁菁議員逼死林士霞女士的哥哥一事成了頭版，黃麗雅這半年來的噩夢，化作報紙角落一隅的社會反思趣聞。

她張開了雙臂，閉上了眼睛，她聽見頂樓微風的聲音，取代了那些都市叢林的喧擾紛爭，她的雙腳越過了矮圍欄，腳掌前端懸在四百公尺的半空中。

人們都說，在死前，會看到人生跑馬燈。幾十年的歲月像是調味粉那樣濃縮，最精華的片段被風乾後留存，她不想再去回憶那些美好的部分，那樣當她回想起不好的時候，就像再一次提醒她世界的晦暗。最後，她的大腦像是電腦一樣，刪除了多餘的記憶體，乾乾淨淨的，只剩下一個名字浮了上來。

盧男，或許，該叫他盧田力呢？

那個因為奶奶去戶政事務所報錯名字的孩子。現在不知道過得怎麼樣了？自從早餐店起火之後，她就沒有再見過他，他過得還好嗎？有沒有按時吃三餐呢？還有回去念書嗎？但他那副乾乾瘦瘦的身板，就是回去念書還是會被欺負吧？他是不是還在抽菸呢？

這麼多天沒有回去，他的奶奶一定很心急吧？十四歲的孩子，日子還很長，會不會因此而學壞呢？

可是麗雅又憑什麼替他擔心呢？至少，這個世界，他還有回去的地方，可是麗雅不一樣，她還能回去哪裡呢？就像一件過時又發霉的擺設品，放在哪裡都會惹人嫌惡吧？

想到這裡，麗雅的腳又往前挪動了一釐米。她的雙腳出於本能地顫抖，就像萬物不管多麼猖狂，在死亡面前卻都還是如此渺小怯懦。麗雅閉起了眼睛，她不想想像自己會摔得如何粉身碎骨，她不想恐嚇自己，讓自己有打退堂鼓的理由和藉口。深吸了一口氣，她睜開了眼睛，底下仍舊一片亂糟糟，你爭我吵的，沒有人有空閒理睬她這個配角，她已經無法辨認人群裡哪個是楊國欽，誰又是林女士，而哪一個又是羅議員。

他們不是想要一條獨家嗎？而下一刻，自己就會是獨家。

想到這裡，黃麗雅突然有了勇氣，縱身躍下。

第十三章　十年

十年，說短不短，說長不長；長的，足以物換星移，短的，卻仍午夜夢迴。

幾年的光景，麗雅的早餐店在大火之後招標，取而代之的座落成藝文中心的一角，溫太太一樣會乘著她的高級轎車，攜著她的花折傘，浸沐在藝文中心。這種高級的場合應該襯著高級的事物，生命，就該在浪費在美好的事物，前提是，妳得有浪費的資本。

今天是一個新銳作家的簽書會，公司下了些本，租下了展場的一隅，人潮可以說是人山人海。門口的海報大大的掛著「幽谷回聲簽書會」幾個字樣，右下角幾個扎眼的大字卻很難讓人忽視，寫著某某日本保養品贊助。

展場不大，除了幾張書桌、工作人員、投影屏幕之外，硬生生站著兩排企業敬贈的蘭花盆栽，還有門口發著日本保養品試用包的工作人員。幾個前來拍攝的媒體緩緩來到，意興闌珊地亮出他的記者證，例行公事地拍了幾張照，比起屍體和裸體，這種靠著紙和筆曇花一現的作家滿坑滿谷，要不是溫太太的公司有提供贊助，還動用了些人脈，這樣的小作家能在快要倒閉的小書店，舉辦那種提供免費咖啡和茶點的小型讀書會，也就差不多了吧！

作家見了他們，寒暄了幾句，說自己也想過要幹一名記者，攝影大哥冷笑了一句，在後台做了簡單的採訪，主持人剛巧也熱完了場，作家才出去帶大家導讀了幾頁作品。

《幽谷回聲》，說的是一名男孩與奶奶相依為命，又因母親欠下一屁股債，只得歷經無數次的黑道追債、搬家；而後，男孩無意間得知，自己的母親，是一名煙花女子，而那個無數次帶頭向他索討債款的黑道男子，極有可能是自己的親生父親。

男孩逃了家，睡在防火巷裡。

三天的水米未進，讓他第一次起了歹念，他躲進了一家早餐店，卻碰上了早餐店的老闆，她看起來也遇上了困難。後來，早餐店無端起了火，老闆塞給了他一把零錢，在嘈雜的火場裡說了一句不知道什麼話，男孩沒有時間多想，一把抓過了錢，逃出火場，漫無目的，又回到了自己那個在隱身在亂葬崗旁的老家，但遺憾的是，奶奶也已經去世了。

奶奶走了之後，他的世界，一剎那變得好安靜，他的右耳再也聽不見任何的聲響。很多年很多年以後，男孩成了男人，男人攢了一點錢，能理直氣壯地進醫院做了個全身檢查，醫生說，是因為心理的因素引起的聽覺喪失，目前仍找不出根治的方法。

他開始配戴助聽器，不得不的，學會讀懂別人的唇語。就在一天深夜，他又被那天火場的畫面給驚醒，他想起了早餐店的老闆，她的面容已經變得模糊不清，可她的嘴型卻無止盡的放大、放大又定格、定格又放大，很慢很慢的，他腦中清清楚楚地聽到一個聲音，從她的嘴裡一個、一個字地迸了出來。

回家吧，總有一個等你的人。

他醒了，他的眼淚一發不可收拾，雖然他的右耳仍舊聽不見，但他彷彿聽見自己久未跳動的心臟，開始喜悅地躁動了。

「那麼大作家，我一直對您的筆名感到非常好奇，為什麼會想取田力這個筆名呢？」主持人把他從過往的迴圈裡拉了回來。

「不過是僥倖出版了一部作品，現在就被捧成大作家，回去我可要被罵翻了！」他爽朗的笑了笑，觀眾也配合的笑了一陣，他才又接著說：「其實我只是把我的本名拆了開來，我姓盧，單名一個男，就取了一個田力，不用本名的原因嘛……，只是因為如果作品不暢銷，也不至於會被別人發現是我寫的。」

主持人笑了笑，開了他幾句玩笑，翻了翻手稿，又接續了下一題：「那剛剛我們在後台其實有做一些簡單的採訪，剛才我們的大作家有提到，曾經有想成為一名記者，那麼是來自於什麼樣事件的啟發呢？」

「我想只是因為我曾經做過徵信社的工作，所以才會覺得自己可能也會適合吧！」

「哇！這句話一出來可能把現場的媒體朋友都得罪了吧！」主持人趕緊緩頰說。

「開玩笑、開玩笑，我最多也只敢躲在鍵盤後面發發牢騷而已，畢竟每一位配戴記者證的朋友們，都擁有專業的素養，所以每一則報導，也才敢掛上自己的姓名以示負責嘛！」

盧男說完掃視了台下一圈，他能從幾個記者的臉上讀到輕蔑的神情，但他滿不在乎，他從小就熟稔了這種表情。

「那麼盧先生關於這次作品準備要和廣益娛樂合作，被製作成網路劇是怎麼樣的一種心情，可以和我們的讀者朋友們分享嗎？」

「嗯……，這是真的蠻複雜的，因為現在這個世代，大家對於資訊的接收都太過快速！好比阿默的三分鐘看完電影。」

主持人追問道：「所以是有點感嘆這個年代，大家看影片的時間遠多過看紙本書嗎？」

盧男笑了一笑說：「是有那麼一點，而且說來也慚愧，我還能記得前天阿默介紹了哪一部電影，卻已經想不起最後一次看的紙本書是哪一部作品了！」

「只能說是現代人的閱讀習慣因為科技改變了吧！」盧男聳了聳肩說道。

「這樣心情想必非常複雜吧！」主持人翻了翻手卡，又接著問道：「我記得您曾經在《水果報》的採訪中有提及，這篇作品是以一個半自傳的方式呈現，我想讀者們應該都和我一樣，對於故事中哪些是真實，哪些又是虛構的部分一定相當感興趣吧？」

「我只能說，作品最美好的部分，就是留給讀者們有無限遐想的空間，與其我公布答案，我更期待讀者從一遍一遍的閱讀之中，自行去慢慢品味，故事不管是不是真的，但想要傳遞的精神卻一定不假。」

「據我了解，盧先生一直有在社群網站上發表對社會議題的看法，像是前天傍晚就在粉絲專頁『酸臭起司』發表對高鐵命案事件的看法，那關於近期亞洲首席男模宋言清與女粉絲不倫的事件能發表一些看法嗎？」一名年輕地男記者問道，他胸前的記者證，藍底白邊寫著《國興報》。

「這位嚴謹的記者朋友，我們是輕鬆的Q&A，不是法醫鑑定，時間點不用詳述，我寫在『酸臭起司』粉專的文章，都是我親自發表，所以也不會抵賴。」他說得時候引起了一片笑聲，《國興報》的記者更是脹紅了臉，他接續著說：「雖然我不清楚高鐵命案是怎麼問到宋言清和女粉絲上床，但很顯然的，宋言清沒有結婚，女粉絲也沒有另一半，怎麼會有什麼不倫？一個正常的三、四十歲的男人有正常的性需求，不是很正常嗎？這有什麼值得討論的部分嗎？」

男記者不甘示弱地繼續追問：「但宋言清先生是在他的女友逝世後，因為他深情的舉止，才有了『國民男友』的封號，之後演藝事業也才風生水起；就在上個月他才發了一篇悼念李心惠過世十周年的文章，之後的兩個禮拜，就被偷拍到帶女粉絲上摩鐵，這難道不是一種不倫嗎？難道他不應該對一直以來，深信他螢幕癡情形象的粉絲感到抱歉嗎？」

盧男覺得這名記者可笑得離奇，第一他不是宋言清，第二和女粉絲上床的也不是他，今天是他的簽書會，為什麼這些記者，總喜歡、總希望從不相干的人事物中，得到風馬牛不相及的評論和答案，然後再進一步研討、公審這些發表評論的外人呢？

「你是《國興報》的記者吧？」

男記者不明所以，點了點頭。

「剛剛都是你問我，那我也問你一個問題，關於楊思敏的事件，你又有什麼看法呢？」

男記者沒有回答，露出了狐疑的表情，他甚至不記得楊思敏是哪一號人物，人們，總是善於健忘的。

很快的，提問結束了，簽書會也到了一個段落，觀眾們也漸漸散去，就在盧男要走出大門的時候，一個戴著鴨舌帽的年輕男子衝了上前，卻被工作人員攔了下來。

盧男回頭看了一眼，他的脇下夾著一本自己的《幽谷回聲》，他伸了手，接過了書，問了一句他的姓名，年輕男子說，他叫李冠軍。

他說很喜歡「酸臭起司」這個粉絲專頁，這個專頁每三個月會有一則企劃，叫做「不該被遺忘的歷史」，內容會把幾年前的事件再逐一挖出來討論，他總期待有一天，會看到母親的文章。

盧男一面簽名，一面隨口問了一句：「你的母親叫什麼名字？」

年輕男子回答：「黃麗雅。」

第十四章　終章

盧男坐上了計程車，他望著方才和男子留下的電話號碼，回家的路上下起了滂沱大雨，他看見雨刷把從天空撒落的雨點撥落地面，不消幾秒鐘，車窗又滿是雨點，全是徒勞。

他想起了今天那個年輕男子，在《幽谷回聲》裡，他該是快快樂樂的，他應該在早餐店老闆葬身火場後，每年收到他偽造早餐店老闆的信件，直到十八歲。他會在信中告訴他，母親只是去了一個很遠很遠的地方，暫時回不來，但她對他的愛，卻是一分也不少，他必須學會獨立、學會成長、學會交到新朋友，學會很多很多，母親還來不及手把手教他，教他那些長大所需要具備面對世間險惡的生存法則。

可是那又如何呢？他不也長大了嗎？只是今天的他，好像少了一些笑容，多了一分成穩，和《幽谷回聲》裡的男孩有那麼幾分神似，卻又格外陌生，雖然他從來沒有見過冠軍，他也曾經以為，麗雅葬身在了火場，如果不是麗雅上了社會版的頭版，他怎麼也不會知道。

他換上了乾衣服，坐在電腦前面，想寫些什麼卻又無從下筆，良久、良久，他撥出了電話號碼，半年後他的初稿完成，可他讀了一遍又一遍，最終，他又放回了書桌底層的抽屜。

又過去了五年，「酸臭起司」刊登了一篇文章，它真的如同臭酸的起司，在網路上不斷發酵，那個時候的楊國欽，已經是一線的主播，他西裝筆挺地播報著黃麗雅的新聞，就像是在說著別人的故事那樣，為一個因為被《國興報》剪接的新聞，而付出慘痛代價的平民百姓，他說得慷慨激昂，幾乎讓人落淚。

「可麗雅的死，我們每一個人，都是兇手。」盧男在結語裡這麼寫著。

粉絲專頁的訊息在酷熱黏膩的夏天夜晚，如雪片般飛來，窸窸窣窣如蟲鳴、如鬼魅般低語，時而遠如彼岸，時而近如耳畔，陡然間，模糊難辨的聲響瞬間引爆成一陣耳鳴。

一句輕如鵝毛落地的囈語聲冷不防地竄了出來。

「欸，你聽說了嗎……？」

釀小說121　PG2640

聽說，聽誰說？

作　　者　我説你聽
責任編輯　楊岱晴
圖文排版　陳彥妏
封面設計　劉肇昇

出版策劃　釀出版
製作發行　秀威資訊科技股份有限公司
114 台北市內湖區瑞光路76巷65號1樓
電話：+886-2-2796-3638　傳真：+886-2-2796-1377
服務信箱：service@showwe.com.tw
http://www.showwe.com.tw
郵政劃撥　19563868　戶名：秀威資訊科技股份有限公司
展售門市　國家書店【松江門市】
104 台北市中山區松江路209號1樓
電話：+886-2-2518-0207　傳真：+886-2-2518-0778
網路訂購　秀威網路書店：https://store.showwe.tw
國家網路書店：https://www.govbooks.com.tw
法律顧問　毛國樑　律師
總 經 銷　聯合發行股份有限公司
231新北市新店區寶橋路235巷6弄6號4F
電話：+886-2-2917-8022　傳真：+886-2-2915-6275

出版日期　2021年10月　BOD一版
定　　價　200元

讀者回函卡

Printed in Taiwan

國家圖書館出版品預行編目

聽說,聽誰說?/我說你聽著. -- 一版. -- 臺北
市：釀出版, 2021.10
面；　公分. -- (釀小說；121)
BOD版
ISBN 978-986-445-522-5(平裝)

863.57　　110015450